KB231198

삽 질

삽 질

초판 1쇄 인쇄 2011년 09월 21일
초판 1쇄 발행 2011년 09월 26일

지은이 | 박세종
펴낸이 | 손형국
펴낸곳 | (주)에세이퍼블리싱
출판등록 | 2004. 12. 1(제315-2008-022호)
주소 | 157-857 서울특별시 강서구 방화3동 316-3번지 한국계량계측협동조합 102호
홈페이지 | www.book.co.kr
전화번호 | (02)3159-9638~40
팩스 | (02)3159-9637

ISBN 978-89-6023-676-9 03810

이 책의 판권은 지은이와 (주)에세이퍼블리싱에 있습니다.
내용의 일부와 전부를 무단 전재하거나 복제를 금합니다.

상실

단편소설집

박세종 저

ESSAY

즐거운 플레이를 위하여

군대에 가서 처음으로 배운 게 '삽질'이다. 산골에서 태어나 자란 나는 삽질만큼은 자신 있었고, 삽질 테스트를 첫 삽에 가뿐하게 통과했다. 그러므로 나의 군대생활은 삽질로 시작해서 삽질로 끝냈다고 봐도 무방할 것이다.

도시에서 자란 촌놈들의 삽질은 다이어트 하는 열다섯 살 아름이의 아침밥상 숟가락질 같았다. 옆집머슴 뚱뫼 벌초하듯 건성으로 삽질을 하려했다. 뭐든 설렁설렁, 마지못해 하는 삽질이었다. 나는 졸지에 삽질 조교가 돼 두어 번 시범을 보이기까지 했다.

첫째, 밥숟가락에 고봉으로 밥을 퍼라.
둘째, 목표점을 확인한 다음 절도 있게 던져라.
셋째, 밥 한 톨도 떨어지지 않고 입 속으로 들어가야 한다.

삽질, 내게는 식은 죽 먹기이지만 서울촌놈들은 많은 생각과 훈련이 뒤따라야 했다. 어떤 서울촌놈은 삽자루로 엉덩이가 불이 나게 얼어터지기도 했다. 그렇게 군화 끈 매는 방법을 안 뒤 곧바로 배운 게 삽질이다. 허구한 날 삽질로 하루일과가 시작됐다. 입대한 지 제법 많은 시간이 지나서야 총 쏘는 법을 배울 수 있었다.

살다 보니, 삽질로 잘 고른 땅에 씨를 넣어야 싹이 나고 뿌리가 필요한 만큼 영양분을 빨아 '피'와 펼쳐지는 게임에서 즐거운 플레이를 할 수 있다는 것을 뒤늦게 알았다. 때 늦은 감이 있지만 이제라도 알았으니 참 다행이다.

즐거운 플레이와 함께 가을에 달콤한 열매를 매달 수 있다면 금상첨화다. 그런데 요즘은 눈, 비, 바람뿐만 아니라 남의 나라 발전소에서 나온 방사능 낙진까지 날아와 우리를 괴롭히고 있다. 즐거운 플레이가 힘들어 보인다.

농부의 땀방울만으로는 탐스런 추수를 할 수 없다. 날씨도 좋아야 한다. 또 삽질하는 강에서 흙탕물이 논으로 들어오면 누군들 아무리 뛰어봐야 즐겁지 못한 플레이가 될 게다. 하지만 어쩌겠는가.

문지방 넘을 힘만 있어도 바람피우는 남자같이 즐거운 플레이를 해야 하지 않을까.

쉰의 문턱에서 뛰고 있다. 삽질 재미가 쏠쏠하다. 즐거운 플레이다.

혼자보다는 여럿이 하는 떼플레이가 더욱 즐거울 게다. 여러분도 이참에 삽질을 배워 이왕 하는 게임, 플레이가 더욱 더 즐겁기를 바란다. 즐거운 플레이를 하다 보면 언젠가 한 골쯤은 넣게 돼 있다. 모래를 파내는 강물 속 포크레인질같이 장맛비에 다시 모래가 쌓이고 강둑이 터지는 헛삽질이 되지는 않을 것이다.

언덕에 올라 강을 보라. 사는 게 다 삽질게임이 아닌가. 한강이나 낙동강에서 하는 삽질공사가 아니라면 우리네 삽질, 별 것 아니다. 따져 보면 우리 사는 게 골목길 농구나 동네축구 같은 삽질게임의 연속이다. 즐거운 플레이로 승리하는 게임이 되길 바란다.

1부

두 렁

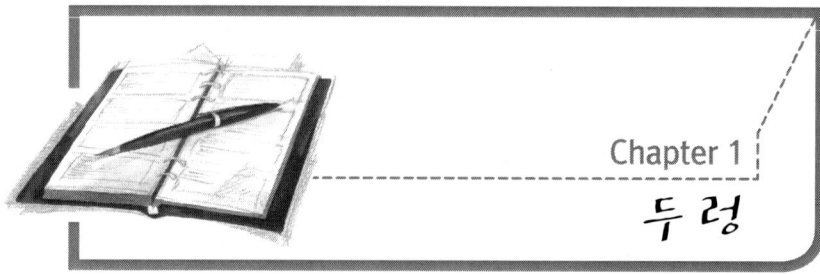

하누바다 바닷물이 서울광장의 촛불처럼 빛난다. 수천만 개의 금빛 물비늘들이 나의 두 눈에 점점이 박힌다. 바다가 끝나는 곳, 한 그루 맹그로브 나무가 물속에 허리를 감추고 검붉게 타들어 가는 파푸아뉴기니의 수도 포트모르즈비 사바나 언덕을 바라보고 있다.

사무실 앞의 아름드리 망고나무 아래에서는 아이들의 웃음소리가 들려온다. 툭, 소리를 내며 잘 익은 망고 열매가 나무에서 떨어져 땅바닥에 구른다. 부아이를 씹으며 손뜨개질을 하고 있던 아이들의 엄마가 큰애에게 손짓을 한다. 아이는 주먹만 한 애플망고를 집어 든다.

내연발전소를 출발하여 보로코로 가는 미니버스가 도로를 질주한다. 한국기업이 건설한 발전소는 포트모르즈비 시내에 필요한 전력의 일부를 공급하고 있다. 시내버스의 디젤엔진이 내뿜는 시커먼 연기가 망고나무를 감싸 돌며 하늘로 오른다. 아이들이 허공에 손사래를 치다 양손으로 눈을 비빈다. 왕방울같이 큰 눈에서 눈물이 흐른다. 검은 피부의 두 볼에 눈물자국이 희뿌옇게 그려지고 있다.

쉬이, 쉬. 바다에서 불어오는 바람은 하누바다 언덕의 야자나무 숲 속에서 소리를 지르곤 한다. 한 줄기 작은 회오리바람이 망고나무 아래서 소리 없이 빙빙 돌다, 파푸아뉴기니 중앙정부 농업목축부 정책기획실과 부속 도서관 사이의 샛길을 지나, 경찰청 본관 뒤편의 사바나 언덕을 향해 달음질친다.

하누바다 수상가옥 앞바다 한가운데엔 일본군함의 대포가 입을 떡하니 벌리고 있다. 남태평양 전쟁 때 적도를 넘어온 녹슨 군함은 바다에 비스듬히 누운 채 육지를 노려보고 있다. 이찌 니…　! 경찰청에서 유도를 가르치는 일본 해외협력단원의 기합소리가 망고나무 아래에까지 들린다.

"하이, 아이 엠 박."

"팍, 파카……?"

"박, 내셔널 팍. 암, 코리안 볼런티어."

"유 아 걸 팍?"

"예스, 아이 엠 낫 걸 팍 오아 걸 프랜 빌롱 유!"

"……"

도서관에 근무하는 그녀가 오늘따라 나를 찐하게 반긴다. 현지 처녀들의 눈으로 보면 나의 성이 얄궂거나, 아니면 내 쪽에서 먼저 수작을 거는 것으로 충분히 오해를 사고도 남을 만하다. 그간 나는 성 때문에 적잖은 오해를 받아왔다. 아니, 사실을 말하자면 현지 여자들로부터 많은 프러포즈를 받아왔다. 오늘 그녀 또한, 만수위로 가두어진 논물이 스스로의 힘을 어찌할 수 없어 논둑을 밀고 아랫논으로 쏟아져 내려오듯, 걷잡을 수 없이 내게로 다가온다. 그동안 출퇴근 시간에 어쩌다 만날 때에는 그저 눈인사만 해왔다. 그러다 오늘에야 불쑥 주체할 수 없는 힘을 발산이라도 하려는 듯, 그녀는 단숨에 깊숙하게 치고 들어오며 내게 작업을 거는 것이다.

나는 즉흥적으로 그녀의 말을 되받는다. 순간, 그녀의 눈빛이 변한다. 나는 더는 그녀의 눈을 바라볼 수 없다. 아무리 좋은 물이라도 지나치게 많이 먹으면 탈이 나는 법이다. 물꼬를 더욱 낮게 터서 더 이상의 물이 흘러넘치게 해서는 곤란하다는 생각이 가슴을 싸하게 한다.

내가 도서관의 여기저기를 기웃거리자, 그녀가 내 곁으로 바짝 다가와 다시 미소를 짓는다. 도서관이라 하기에는 부족한 게 많아 보인다. 이곳이 남태평양 전쟁 당시 맥아더 장군의 지휘소였다니 믿기지 않는다. 도서관의 콘크리트 바닥에도 해저 자원지도며 광물조사 보고서가 함부로 뒹굴고 있다. 대부분 영국과 독일의 식민지시대에 만들어진 자료들이다. 중앙정부의 대규모 장기 프로젝트 계획과 선진국들의 프로젝트 단위 무상원조 집계현황이 눈에 띈다. 한국과 일본에서도 포트모르즈비와 두 번째로 큰 도시인 마당을 연결하는 도로건설 공사와 잭슨국제공항 확장공사에 무상원조를 하고 있다.

'아! 한국 사람이 쓴 보고서도…….'

마치 한국 사람이라도 만난 것처럼 반갑다. 보고서를 손에 드는 순간, 지난해 들은 인도네시아의 이리안자야와 가까운 마프릭 라이스 플랜테이션에서 활동하는 동료의 말이 생각난다. 교수의 이름을 따서 이박라이스라고 이름 붙인 벼 종자를 개발하고 한국으로 돌아간 열대농학과 교수의 마지막 보고서가 호주 출신 정책기획실 국장 손에서 휴지통으로 들어갔다 했다.

교수는 오 년간 레이 지역의 벼 농장에서 벼 품종연구를 했다. 타이완 사람들이 오래전부터 대규모 벼 농장을 경영하고 있는 지역이다. 호주의 연구진은 농약 대신 천적을 이용해 병충해를 방제하는 연구를 해오고 있었다. 호주에서 농약을 사용하여 벼 병충해를 방제하는 것은 경제성이 점점 없어지고 있기 때문이라고 했다.

"또 어느 나라 놈이야? 트럭에 퍼 담기만 하면 될 것을. 남반구 최대의 노천 구리 광산을 두고서 벼농사를 짓는다고? 광물자원과 호주의 쌀을 바꿔 먹는 게 합리적이며 경제적이라는 사실은 이미 보고서를 통해 증명되지 않았는가 말이야."

그 호주 출신 계약 공무원은 한국의 교수가 작성한 〈벼농사 짓는 방법〉이란 보고서를 보고 그렇게 내뱉었다는 것이다.

파푸아뉴기니의 현실도 다르지 않다. 파푸아뉴기니에는 외국에서 온 계약 공무원들이 정부의 주요 보직을 죄 점령하고 있다. 농업목축부 정책기획실 국장 자리도 칠레 출신이 차지하고 있다. 나 역시도 호주, 독일, 인도, 그리고 방글라데시와 미얀마에서 온 사람들과 함께 일을 하고 있다.

파푸아뉴기니 사람들은 벼농사를 짓지 않는다. 아니, 아예 농사법을 모른다는 말이 맞을 듯하다. 수천 년의 역사를 가지고 있음에도 벼농사 자체가 없다. 유럽 사람들이 '예측할 수 없는 땅, 지구상에 남은 마지막 파라다이스!'라 한 것은 그 점을 두고 말한 것인지도 모른다.

도서관 천장에서는 대형 선풍기가 빙글빙글 돌아가고 있다. 금성 에어컨 상표가 선명하게 남아 있는, 벽에 붙은 두 대의 에어컨도 횡횡 소리를 내며 작동하고 있다. 나는 서가에서 발견한 보고서를 뒤적인다. 영어로 쓴 보고서이지만 한국인이 쓴 덕분인지 쉽게 읽어

내려갈 수 있다.

보고서의 머리말은 이렇게 시작하고 있다.

　'벼농사 교육은 쌀을 수확하기 위한 하나의 목적을 넘어 시민 사회교육의 한 방법으로 접근해야 하며, 숲속 부시에서 먹을거리를 채집하는 문화에서 벼농사를 짓는 농경문화로의 변화는 국민의 삶의 질 향상에 매우 빠르게 그리고 효과적으로 큰 영향을 줄 것이 틀림없다. 이에 정부는 농업교육을…….'

　그렇다. 적하신앙(積荷信仰 ; Cargo Cult), 다시 말해 화물숭배란 2차 세계대전 당시 비행기를 타고 온 백인들과 처음으로 맞닥뜨린 남태평양 원주민들이 만들어낸, 백인이 원주민의 신이 된 신앙이 아닌가. 오늘날에도 한국의 일부 사람들은 미국에 대하여 적화신앙적인 믿음을 가지고 있는 듯하지만, 사실 그 같은 신은 지구상의 어디에도 없다. 비행기에서 떨어진 화물을 공짜로 주워 먹기만 하는 시대는 인류역사 이래 없었다. 남태평양 전쟁을 치르던 당시 일본군이 비행기에서 투하한 화물도 몇 배의 대가를 치르고 나서야 아주 조금 입에 넣을 수 있었을 뿐이다. 그들이 말하는 공짜는 지구상에 없는 것이다.

국가와 국가 간에는 더욱 그러하다. 말이 무상원조이지, 아무 생각 없이 넙죽넙죽 받아먹어서는 곤란한 일이 생기게 마련이다. 얼마 지나지 않아, 몇 곱절로 되갚아야 한다는 국제사회의 냉엄한 현실을 교수는 보고서의 머리말을 통해 에둘러 말하는 것이리라.

처음에는 선교사란 사람들이 하나둘 들어오고, 다음에는 장사꾼이 물밀듯이 들어오게 되어 있는 게 소위 그들이 규정한 문명사회가 야만사회를 대하는 방식이다. 그들 문명인이 휩쓸고 지나간 뒤를 보라. 쿨라(야자수) 대신 코카콜라를 먹을 수 있다고 뽐낼 일이 아니다.

코카콜라는 자본주의의 상징이다. 콜라는 언제든지 마시고 싶을 때 마실 수 있는 쿨라와 다르다. 콜라를 마시기 위해서는 값을 치러야 한다. 값을 치르기 위해서는 쿨라, 즉 야자수가 자라는 땅을 내주어야 한다. 땅은 파헤쳐지고, 그리하여 야자수가 더 이상 자라지 못하게 될 날이 올 것이다.

밀림 속의 바나나도 곧 사라지게 되리라. 아니, 이미 사라지고 있다. 밀림은 목재와 광물 수출을 위해 파괴되고 있는 중이다. 숲속의 바나나를 찾아 먹는 게 점점 어려워지고 있지 않은가. 이제 그들의 발자취가 미치지 않는 부시의 밀림은 남아 있지 않다. 신자본주의 시장경제가 미치지 않는 숲속이란 없다.

'언제까지 쌀을 바다 건너에서 사 먹을 것인가. 이 나라에서 자기들이 파낸 금뿐만 아니라, 그들 나라에서 생산한 쌀값조차 그들의 손에서 결정되고 있다. 지구상에 남은 마지막 파라다이스, 그들의 사탕발림에 속아 넘어가서는 곤란하다. 식량을 남에게 의지한다면 근원적으로 뿌리가 없는 나무 위에 집을 짓고 사는 것과 같다.'

그가 알 만한 사람이면 다 아는 냉엄한 현실을 왜 새삼스럽게 반복하고 있는지 궁금하다. 자본주의 열강, 그들의 눈으로 보면 쌀을 수입하여 먹는 게 경제적이고 합리적이라 말 할 수 있다. 쌀 팔아 금을 사 가는 나라의 입장에서 보면, 당연히 벼농사도 자본주의 시장경제 원리에 맡겨야 하는 것이다.

더구나, 이제 수출주도의 국가경제가 더 이상 최선의 정책이 아니라는 결론의 시간이 다가오고 있다. 기본적 실물경제를 통째로 남에게 의존하는 시대의 종말이 성큼성큼 다가오고 있지 않는가. 대한민국의 경우도 마찬가지지만, 내실 없이 덩치만 키우는 시장에 남 뒤따라가려고 해서는 곤란하다. 노력을 들이지 않고 꾀를 내어 만든 금융시장이 스스로를 무너뜨리는 부메랑으로 되돌아오고 있는 것을 뻔히 보고 있지 않는가.

　'이제부터는 망고나무 아래서 망고가 떨어지기를 바라며 기다릴 수 없다. 누군가 공짜 쌀을 계속 주지는 않는다. 이미 코카콜라를 먹었으니 더 이상 부시의 밀림 속 바나나로 살아갈 수가 없게 되었다. 땅을 고르고 물을 품어 볍씨를 뿌리고, 비가 많이 오거나 마른 날을 대비하여 물꼬며 무넘기를 만들어 농사를 지을 수밖에 없게 되었다. 두더지가 논두렁에 굴을 뚫어 물이 새면 부족 구성원이 다함께 나서서 두더지 사냥을 해야 한다. 벼농사 교육은 부족공동체 자급자족의 자생역량을 키우는 데 가장 훌륭한 방법일 것이다.

　치안, 안전을 위해서도 농업교육은 시급하다. 이제 쌀을 사 먹지 못하고 바나나를 모닥불에 구워먹는 사람들은 라스칼이라는 떼강도가 될 수밖에 없지 않는가. 농사를 통해 일자리가 마련되어야 한다. 정부에서 마냥 방치해서는 되지 않는다. 국가가 할 일은 국가가 나서서 해야 한다. 쌀 농사 교육은……'

해가 서쪽으로 한참 기울어가고 있어도 날은 여전히 무덥다. 등에서 땀이 흘러내린다. 도서관 창문 너머로 시선을 옮긴다. 하누바다 수상가옥 앞바다가 내려다보인다.

해외에서 온 이 많은 수의 컨설턴트, 이 년 혹은 삼 년짜리 계약 공무원들, 심지어 자본주의 강국에서 파견된 봉사단원들이 과연 이 나라에서 누구를 위해 무슨 일을 하고 있는가.

그동안의 물음에 비로소 얼마간 답을 얻어가는 것 같기도 하다. 저 바다는 알고 있는 듯 두 눈을 부릅뜨고 눈부시게 반짝인다. 도서관에 있는 나를 노려보고 있는 것도 같다. 구름 밖으로 나온 햇빛이 바닷물에 닿을 때마다 금빛 알갱이들이 일어서서 온힘을 다해 사바나 언덕을 향해 달려든다.

간간이 들리는, 유도를 배우는 경찰관들의 구령소리가 고요함을 깨뜨린다. 바닷물에 반쯤 잠긴 채 육지를 향해 비스듬히 누워 있는 일본군함의 포문에서 금방이라도 불을 뿜어낼 것만 같다.

다시 보고서를 읽는다. 두 눈은 활자를 줄줄이 따라가고 있는데, 더 이상 내용이 눈에 들어오지 않는다. 아무래도 퇴근 후에 천천히 읽어봐야 할 모양이다. 나는 그녀에게 복사를 한 부 부탁한다.

오후 네 시다. 퇴근시간이 가까워지고 있다. 우기가 곧 돌아올 때가 되었지만 비 한 방울 내리지 않고 있다. 다운타운 뒤편의 산중턱 군데군데에서는 한 달 넘게 연기가 피어오르고 있다. 건조한 날씨 탓에 자연발화로 일어난 불이다. 어떤 날 밤에는 마치 도깨비불마냥 산 곳곳에서 불빛이 반짝였다. 작년에 캄캄한 밤 아파트의 쇠창살 안전망 사이로 산중턱의 불빛을 처음 보았을 땐 무슨 불빛일까, 무척 궁금했다.

오늘은 엘라비치 바다에서 수영을 하고 싶지 않다. 말라리아모기에 물려 쓰러지지 않기 위해 하루건너 하루 꼴로 퇴근 후에 수영을 해오고 있지만 피곤한 상태로 무리하게 운동을 해서 좋을 게 없다는 생각이 든다.

집에 돌아와 이른 저녁을 먹은 다음 침대에 눕는다. 잠이 오지 않는다. 다시 미지근한 물로 샤워를 하고 침대에 누웠지만 이내 등줄기에 땀이 흐른다. 어느 여름날 비 내리는 고향의 저녁, 냇가에서 불어오는 시원한 바람 한 줄기를 상상해 본다. 몸은 남반구 적도에 누워 있지만, 머릿속 영상은 다시 태평양을 건너 되돌아 지 못한 채다. 어머니와 함께한 유년의 고향 들판이 파노라마로 펼쳐진다.

벼농사일은 논두렁에서 시작해서 논두렁에서 끝난다고 해도 과언이 아니었다. 지렁이같이 꾸불꾸불한 두렁은 높기도 했다. 어떤 논은 논바닥 폭이랑 논두렁 폭이 거의 같을 정도였다. 산골 논의 절반은 논두렁이 차지했다.

엉성해진 논두렁에 흙을 다져 바른 후에 논물을 가두는 것으로 한 해 농사를 시작했다. 벼농사는 물을 다스리는 게 기본이었으나, 다랑논은 물 빠짐이 심했다. 논두렁이 높은데다가 돌이 많으니 물이 아래로 곧잘 빠졌다. 논바닥으로도 물이 새기도 했지만, 논물이 가장 많이 새는 부분은 논두렁이었다. 그래서 논에 물을 가두기 위해서는 먼저 두렁 안쪽을 소로 쟁기질하여 흙을 곤죽이 되게 만들어 다시금 논두렁에 발랐다. 그러나 흙이 채 굳기도 전에 두더지가 논두렁을 가만두지 않았다.

구멍 난 논두렁 땜질로 봄날은 짧았다. 논두렁이 터지는 것은 십중팔구 두더지가 굴을 판 때문이었다. 무엇보다 논두렁이 터지기 전에 손을 쓰는 게 중요했다. 나는 항상 삽 한 자루를 오른쪽 어깨에 메고 어머니를 뒤따랐다. 어머니가 앞서가며 논두렁에 두더지굴이 있나 없나를 살폈고, 나는 굴 틀어막는 일을 맡았다. 두더지 혼인 같다, 라는 속담대로 얼렁뚱땅 굴을 대충 땜질한 다음날은 일이 두 배로 늘어나기도 했다. 구멍을 어설피 막았다가는 전혀 상상하지 못한 뜻밖의 상황이 일어날 수도 있기에 때로는 돌로 굴을 막은 다음 그 위에 흙을 넣고 힘대로 눌러다지기도 했다.

두더지의 토목공사, 굴 파는 솜씨는 가히 대통령감이었다. 생김새는 볼품없었지만 굴 하나는 기똥차게 잘 팠다. 두더지의 몸은 어두운 갈색이고 머리는 노란색이었다. 앞뒤 다리는 짧았으나, 삽 모양의 발바닥에 다섯 개의 발가락이 달려 있었다. 폭이 넓고 발가락이 발달한 앞발은 땅굴 파기에 적격이었다. 귀와 코가 예민한 데 비해 눈은 매우 작았다. 원통모양의 몸에다 눈은 있으나 보지 못하는 것 같았다. 대신, 감각이 발달하여 주위의 조그마한 움직임도 즉각 알아채곤 했다. 지렁이와 곤충 따위가 주 먹잇감이었지만, 실은 땅속의 모든 것을 먹어치우는 잡식성이었다. 고향마을의 논두렁에 출몰했던 두더지는 구멍 뚫기의 양상으로 봐서 아마도 대마도를 건너온 것이지 싶었다. 아무려나, 한반도 순 토종은 아닌 성싶었다.

두더지는 일평생을 땅굴에 살면서 땅속에서 새끼를 쳤다. 봄에 임신하면 한 달쯤 후에 새끼를 낳았다. 한 번에 낳는 새끼는 어미에 따라 한 마리부터 일곱 마리까지 다양했다. 새끼는 분홍색의 맨몸뚱이나, 태어난 지 보름쯤 지나면서 털이 나기 시작했다. 첫돌쯤에는 벌써 어른 두더지가 다 되었다. 두더지의 천적은 올빼미나 왜가리, 족제비나 담비 들이었다. 그리고 오소리며 여우며 고양이 앞에서도 꼼짝을 못했다. 특히 올빼미와 부엉이의 먹이 절반이 두더지였다. 그래서 부엉이와 항상 함께 다니는 미네르바는 장차 그 운명이 결정된 것이나 다름없지 않았을까.

논두렁의 구멍이란 구멍을 틀어막고 물을 가둔 무논은 온갖 벌레의 천국이었다. 하루하루가 다르게 커가는 올챙이, 물위에서 뱅뱅 맴도는 물매미, 숨을 쉬기 위해 물위로 꽁무니를 내밀다 다시 물속으로 들어가는 물방개, 물위를 사뿐사뿐 뛰어다니는 소금쟁이, 동작은 느리지만 보기에도 무시무시한 힘센 물장군, 달라붙으면 여간해서 떨어지지 않는 거머리, 벼를 갉아먹는 바구미……

　어머니는 모판의 모를 논에 낸 후부터는 벼라고 불렀다. 모판에서 논에 옮겨 심어진 벼는 보름 정도 지나면 새로운 땅에 뿌리를 내렸다. 노르스름한 빛깔이 사라지고 푸르른 빛으로 싱그럽게 바뀌어 갔다. 옮겨 심은 벼의 뿌리가 땅에 내리면서 새로운 가지가 뻗어났다. 벼는 온도나 생육 상태에 따라 다르기는 하지만 일주일에 하나씩 새로운 가지가 나왔다. 벼가 한번 옮겨 심겨진 곳에서 뿌리가 내리면 다른 곳으로 옮겨갈 수 없었다. 그곳에서 자신의 한해살이를 마감해야 했다. 벌레가 와도 도망갈 수 없으니 자기 방식으로 버텨내려 끙끙댔다. 가뭄이 들라치면 벼는 뿌리를 더 깊이 뻗었다. 어머니는 가지치기가 한창 진행될 무렵에 일부러 논 물을 빼 논바닥을 말려주곤 했다. 벼의 뿌리를 튼튼하게 하여 생명력을 북돋워 주었다.

　가뭄이 들면 어린 나도 마음을 졸였다. 논에 물이 마르기 시작하면 논바닥이 조금 낮거나 사람이 디딘 발자국에 물이 괴고, 그러면 그곳에 올챙이들이 올망졸망 모여들었다. 올망졸망한 올챙이들이 숨을 할딱할딱하는 듯해 내 가슴이 다 조마조마했다. 낮에는 왜가리가, 밤에는 너구리란 놈이 올챙이를 잡아먹기 위해 논을 마구 밟아 놓았다. 왜가리나 너구리에게 벼 따위는 안중에도 없었다.

어머니는 벼가 자랄수록 더욱 부지런하게 논두렁을 탔다. 벼가 잘 자라는지 살피는 것도 빼놓을 수 없는 일이었지만, 밤새 두더지가 판 굴로 물이 새는지 살펴야 했다.

그해는 날이 갈수록 논두렁의 두더지 구멍이 골치였다. 두더지는 밤낮으로 논두렁을 뒤집었다. 밭에 굴을 파고 사는 두더지는 흙을 부드럽게 만드는 구실을 한다지만, 논두렁의 두더지는 애물단지였다. 두더지가 판 구멍을 며칠만 내버려두면 그 구멍으로 논두렁 흙이 물에 쓸려가 구멍이 점점 커지고, 급기야 논두렁이 터지곤 했다. 마치 거대한 연못이 작은 구멍 틈새로 무너져 내리는 것 같았다.

그러다 보니 장마 때에는 밤새 내리는 비와 함께 두더지 구멍이 두렵기까지 했다. 논두렁이 터지면 아랫논 또한 고스란히 피해가 나는 것을 보았다. 윗논이 터지면 논물과 흙이 한꺼번에 아랫논으로 휩쓸려 내려갔다. 아랫논도 이를 견디지 못해 덩달아 논두렁이 터지고, 급기야는 위아래 논에서 끝나는 게 아니라 산골 다랑논 전체가 연쇄적으로 터지는 피해를 불러왔다. 마치 세계를 휩쓰는 금융대란을 보는 것 같았다.

논두렁이 터진 여파는 쉽게 사그라지지 않았다. 논두렁이 터졌던 해뿐만 아니라 그 다음해와 다다음해까지, 몇 해에 걸쳐 그 아픔은 두고두고 이어졌다.

터진 논둑을 흙으로만 쌓으면 쉽게 무너지기에 큰 돌과 잔돌, 그리고 흙을 적당히 채워가며 쌓아야 했다. 물이 새지 않게 돌 사이를 흙으로 잘 채워야 했다. 그런 다음 물 수평을 잡기 위해 논에 물을 조금만 가두고 높낮이를 맞춰 나가야 했다. 어느 날 무너진 논두렁을 쌓던 어머니가 한숨을 쉬며 말했다.

"논두렁을 무너뜨리기는 쉽지만, 다시 쌓는 일은 지난한 일이로구나."

오전 아홉 시 오 분 전이다. 컴퓨터의 전원버튼을 누른다. 커피를 나르거나 복사며 청소를 하는 커피보이가 고로카 커피 잔을 내민다. 하루에 두세 잔은 마시는 커피이지만 오늘따라 향기가 새롭다. 최근 5년간의 국가 수출입 통계자료에 따르면 고로카 커피도 원목과 함께 한국에 수출되고 있다. 한국은 파푸아뉴기니의 네 번째 수출 상대국이다.

빈 커피 잔을 들고 창문 밖 망고나무를 바라보고 있는데 이층에 근무하는 하네가 내려온다.

"유 오라잇?"

"얍!"

그녀는 뉴기니섬 남부 사마라이 출신이다. 파푸아뉴기니의 유일한 종합대학인 유피엔지를 졸업하고 국비장학생으로 영국에서 대학원을 나온 인재다. 그녀는 언젠가 파푸아뉴기니의 농업정책에 깊이 관여할 것이라 믿고 있다.

나는 그녀를 볼 때마다 시골 할머니의 짧은 파마머리가 생각났다. 그녀는 곱슬머리에 피부색이 검다. 북엔빌에서 온 진하게 검은 피부의 사람들이 좋아하는 피부색이다. 그녀의 입술은 잘 익은 애플망고 같다. 망고는 껍질의 선홍 빛깔 부위를 엄지로 지그시 눌렀다 뗐을 때 엄지자국이 원상태로 돌아오는 정도의 탄력이 있을 때가 가장 맛이 있다. 과육을 한 입 물면 원숙한 향기와 함께 단물이 입술 가장자리까지 흐른다. 옥의 티라면 티, 달콤한 육질보다는 씨앗의 크기가 절반이 넘는다는 것이다. 생각 없이 무심코 과육에 이를 박았다가는 앞니 두 개쯤 언제든지 뽑힐 수 있다.

"빌롱 유, 미 하마마스!"

너의 남자인 나는 행복하다. 팔백여 개의 언어 가운데 하나인 피진어로 내가 말하자 그녀가 새하얀 이를 모두 드러내 놓고 웃는다.

"미 라이킴 바나나 빌롱 유…."

오늘따라 그녀가 좁고 긴 물꼬를 비집고 득달같이 달려든다. 남자의 바나나를 먹고 싶다는 것이 아닌가. 바나나를 탐하는 그녀를 어떻게 해야 하나, 큰일났다. 그녀의 물은 논에 골고루 퍼져 돌기 시작한다. 나는 뭐라고 대답을 해야 할 것 같으나 입이 떨어지지 않는다.

'무넘기를 제대로 돌보지 못하면 완톡들에게 배상을 하든지, 아니면 앞니 세 개쯤 뽑히든지……. 남의 문화도 일단 존중하고 지켜야 한다.'

지금은 지난해 처음 발을 내딛었을 때와는 달리 이곳의 문화를 이해하려 노력하고 있다. 완톡(Wantok)은 같은 말을 하는 부족으로 한국의 끼리끼리 문화보다는 좋은 점이 훨씬 많은 것 같다. 좋은 일뿐만 아니라 나쁜 일도 부족이 함께한다. 파푸아뉴기니는 완톡시스템 때문에 부패가 만연해 있다 쑥덕거리지만, 완톡시스템은 '이에는 이'로 되돌려주는 페이백(payback) 문화라고 할 수 있다. 간간이 수도 포트모르즈비 시내에서도 창과 활, 혹은 부시나이프로 무장한 부족집단 간의 대치상태를 목격할 수 있다. 부족 간의 충돌은 대부분 남녀관계가 원인이다.

물이 부족하면 잡아 머물게 하고, 모가 자라는 데 필요한 만큼 적당히 차면 자동으로 논두렁 너머로 흘러가도록 무넘기 높이를 돌보아야 한다던, 그 여름밤 어머니의 이야기가 머릿속에서 불쑥 튀어나온다. 더 깊이, 더 높이 절정을 향해 다가가다가는 논두둑이 한순간에 왕창 터지는 게 당연한 이치다. 일단 두둑이 무너지고 나면 천문학적인 공적자금을 받아 투입한다 해도 원상태로 되돌릴 수 없다. 순간, 물꼬를 돌려 물길을 끊어야 한다는 생각이 머리를 스치고 지나간다.

"룩힘 유 투나잇?"

내가 밤에 다시 만날 것을 약속하자 하네는 두 말 않고 위층 자기 사무실로 올라간다.

국가의 수출입자료 정리는 지난주에 끝났다. 호주와 뉴질랜드 정부에 수출과 수입의 균형이 맞춰지도록 파푸아뉴기니로부터 커피 수입을 늘려달라는 협상자료다. 반기 보고서도 끝낸 터라 이번 주들어 할 일이 별로 없다. 호주 국가 통계국에 주문한 최근 3년간 호주와의 수출입 데이터는 다음 주에나 도착할 것이니 분석 작업은 그때 가서야 시작할 수 있을 것 같다. 천장의 선풍기만 쉬지 않고 돌고 있을 뿐이다.

무 깍두기 조각만 한 쇠고기 조각 위에 소금을 설설 뿌린 밥과

콜라 한 캔으로 점심을 해결한 지가 수개월이 지나고 있다. 한국 신문을 읽지 않고부터 김치 없이 먹는 점심밥도 일품이다. 별 할 일 없이 시간을 보내는 데 익숙해지고 있다. 단순하게 사는 것에 재미를 붙인 것이다.

이도 지겨우면, 어쩌다 인터넷으로 돌아가는 들판의 판세를 보곤 한다. 생각난 김에 인터넷에 접속한다. 참 오랜만이다. 굼벵이 기는 속도의 인터넷에 접속하는 순간부터 마음이 조급해진다. 빨리빨리! 가슴이 답답할 정도로 속도가 느리다.

인기태그

대운하 삽질 경제학 자본시장통합법

제도의 부적합한 조합 선진미국 금융시스템의 수입이식 BBK

원조 이만브러더스

유모차부대 독재타도 촛불문화축제……

파생상품 서브프라임 미국식 금융자본주의 돈 놓고 돈 먹기

실물경제와 따로 놀고 있는 노름판

리먼브러더스 금융위기 자본주의 금융시스템의 붕괴 신자유

주의적 금융자본주의 파산

기득권 강화기회 금융자본주의에 대한 근원적 반성계기 금융
자본주의의 통제 시장경제의 재정렬
정의 상생의 시장경제 지속가능성 봉하 오리쌀……

그만 못 볼 걸 보고 말았다. 말하자면 금서, 금독태그를 본 것이
다. 자칫하다가는 한국으로 강제송환이 될 수 있는 신분이다. 세금
으로 파견되어 살고 있으니 말이다. 그런데 또다시 실수를 한다. 다
음 아고라에서 〈이만브러더스〉를 클릭하고 말았다. 이야기는 이러
하다.

'……벼는 쉴 새 없이 번갈아 찾아온 가뭄과 장마를 이겨내며 나
날이 자라고 있었다. 하나둘 피기 시작하는 벼꽃은 아름다웠다. 벼
잎은 뜨거운 태양을 향해 죽죽 뻗어났고 벼꽃도 피어났다. 벼꽃은
언뜻 보기에 볼품이 없었다. 꽃잎도 없고, 그나마 오래 피어 있지도
않았다. 연노란 빛으로 밋밋했다. 그러나 곧 나의 밥이 될 생명의
꽃이었다.

벼꽃은 늦은 아침에 피기 시작해서 이른 점심때쯤에 가장 왕성하
게 피었고, 오후가 시작되면 대부분 수정을 끝냈다. 날이 흐리거나
비가 오면 벼꽃이 피는 시간이 달라졌다. 비가 오면 비가 멎기를 기
다렸다가 피었다.

32 삽질

수술과 암술. 벼꽃은 피기 전에 껍질 두 개가 서로 붙어 있었다. 큰 껍질(외영)과 작은 껍질(내영), 두 껍질이 서로 앙다물어 펴질 것 같지 않아 보였지만 그 껍질이 벌어졌다. 그 사이로 수술이 보였다. 풀빛 껍질을 벌리고, 연노란 빛의 수술이 밀고 나왔다.

껍질이 제법 벌어지자 언뜻 그 속에 뭔가 보였다. 암술이었다. 꽃가루를 잘 받을 수 있게 아주 작은 털이 보송보송했다. 벌어진 껍질 속에 암술머리는 Y자 모양을 하고 있었다. 자궁의 나팔관을 닮았다.

껍질이 벌어지는 순간, 꽃밥이 터져 꽃가루가 날렸다. 그러다 잠시 후, 수술이 늘어지기 시작했다. 수꽃 자루가 길어지며 점점 힘없이 아래로 축 처졌다. 사랑이 끝난 뒤 벌어졌던 껍질은 서서히 닫혔고, 수술은 바람에 몸을 실고 살랑살랑 춤추었다.

이내, 따가운 햇살을 받아먹고 벼가 여물어갔다. 낟알은 날마다 조금씩 통통해졌다. 얼마나 영글었을까. 만져보니 물렁했다. 쌀알이 아니라 즙에 가까웠다. 그때, 노린재가 나타나 낟알의 즙을 빨아대기 시작했다. 노린재는 모양이 징그럽고 냄새도 고약했다. 하지만 그땐 농약이 없었다. 마냥 스스로 낟알이 여물기를 기다리는 수밖에 없었다.

벼이삭이 피면서 벌레들이 더욱 꼬드기기 시작했다. 벼 잎을 갉아먹는 메뚜기, 벼이삭을 하얗게 만들어버리는 이화명나방 애벌레도 나타났다. 벌레가 많은 곳은 하나같이 벼가 웃자라 있었다.

웃자람은 대개 질소비료나 물의 과다공급과 햇볕의 부족이 주된 원인이었다. 은행에 공적자금을 투입하듯 화학비료를 몰아주고, 물을 욕심대로 주야장창 철철 가두어 준 논의 벼는 줄기나 가지가 보통 이상으로 덩치 크게 자랐다.

물의 공급과잉과 거름을 많이 한 곳의 벼는 갈수록 잎이 무성하게 웃자랐다. 그러더니 벼가 익을 무렵, 벼 잎이 연필처럼 돌돌 말렸다. 혹명나방 애벌레라는 놈은 벼 잎을 돌돌 말아 그 속에 숨어서 잎을 갉아먹고 있었다. 벼 잎이 무성하니까 벌레가 먹기 좋고, 병에 대한 적응력이 떨어졌던 것이다. 벼가 광합성을 제대로 못하니 이삭이 충실하게 영글 수 없었다. 날이 갈수록 벌레 먹은 부분이 또렷해졌다. 멀리서 봐도 거름이 많은 곳이라는 걸 한눈에 볼 수 있었다.

또한 비오는 날엔 부실한 벼이삭이 먼저 쓰러졌다. 충실한 이삭의 빗물은 이내 땅으로 떨어졌다. 그런데 벌레가 먹거나 쭉정이가 많은 이삭은 낟알껍질 속까지 빗물이 고스란히 스며들어 이삭 줄기가 무게를 견디지 못했다.

심지어, 거름이 한쪽으로 쏠린 곳은 병에도 약했다. 벼꽃이 피고 이삭이 여물어 갈 무렵, 거름을 지나치게 많이 준 곳에는 도열병이 나타났다. 붉은 점이 점점 위아래의 논으로 번져갔다. 병 든 벼를 처음 보았을 때, 아예 낫으로 벼를 베어내 불태우는 게 수였다. 아니, 물과 거름을 죄다 몰아준 게 문제였다. 인과응보, 논에서도 자본주의 시장과 같이 거짓말이 안 통했다.'

목덜미가 뻐근하다. 두 눈에서는 눈물이 흐른다. 컴퓨터 모니터 속의 커서가 가물거린다. 커서는 쉼 없이 깜박거리고 있을 것이지만 더 이상 보이지 않는다. 멀미가 나는 듯 속이 매스껍다. 목이 타고 있지만 어디에도 물이 없다. 모든 게 이놈의 인터넷에 접속한 탓이다. 나는 컨트롤·알트·딜 자판을 동시에 누른다.

갑자기 뜨거운 바람 속에 흙냄새가 물씬 몰려든다. 유년의 고향 흙냄새와 별반 차이가 없다. 비다. 어느새 장대비가 내리고 있다. 바나나 잎사귀가 비를 반기며 아우성 치고 있다. 건기가 지나가고 이제 우기가 시작되려나 보다. 반년 가까이 비 한 방울 내리지 않은 사바나의 건기가 끝나고, 앞으로 여섯 달가량은 족히 지속될 우기가 돌아온 게 분명하다.

사무실 밖으로 나와 쏟아지는 장대비 속의 하누바다 언덕을 바라본다. 급체한 가슴이 펑 뚫린 듯 시원하다. 하네도 사무실 밖에서 내리는 비를 바라보고 있다. 연분홍 부겐빌레아 꽃잎이 비에 젖는다. 내연발전소 뒤편 사바나 언덕에도 비가 내린다. 하누바다 수상가옥 가장자리쯤에서 한 줄기 연기가 힘겹게 피어오른다. 바나나를 모닥불에 굽는가 보다. 바다 가운데 죽치고 있는 일본군함의 모습이 보이지 않는다.

"파카, 카이카이 완 타임!"

하네가 저녁을 함께 먹자고 한다. 오후 네 시 오 분, 벌써 퇴근시간이다.

'적은 노동에도 불구하고 인위적인 소비증대를 통한 삶을 풍요롭게 만들어준다는 화폐량 증대와 같은, 타락한 금융시장의 마법의 무기를 휘두를 수는 없다. 요술지팡이를 앞세워 두더지처럼 날뛸 수…….'

생각 끝에, 어제 오후 도서관에서 복사한 보고서를 챙겨들고 그녀를 따라 사무실을 나선다. 아름드리 망고나무를 지나 2마일 언덕의 독신자 아파트를 향해 종종걸음으로 내닫는다. ♧

2부

똥간

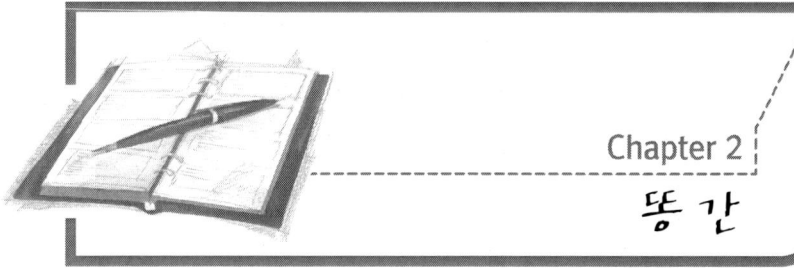

사실 나는 지금도 소나무 숲 속에서 똥 싸는 게 좋다. 녹색성장이니 신재생에너지 시대의 똥의 가치에 내일의 희망을 품을 수 있기 때문만은 아니다.

그즈음, 새마을 운동이 시작된 지 한참 지나서까지 우리 집 똥간은 돼지마구 2층이었다. 널빤지를 얼기설기 얽어 만든, 돼지마구의 천장이자 2층 똥간바닥은 구멍이 숭숭 나 있었다. 2층은 손바닥만한 그 구멍만 빠끔히 나 있을 뿐 햇볕이 잘 들지 않아 늘 어두컴컴했다. 똥간 한쪽에는 겨우내 똥닦개로 쓸 볏짚이 쌓여 있었다. 짚더미 옆 똥간에 앉을 때마다 털이 시커먼 돼지가 천장의 구멍 사이로 나의 엉덩이를 올려다보았다.

"풍덩!"

아랫집 길가로 난 소리 나는 통시처럼 똥물이 튀어 올라 다시 엉덩이에 착 달라붙을 염려는 없었다.

어느 날 나는 나의 똥구멍을 탈출한 똥이 잠수하기까지의 시간을 재보았다. 똥구멍을 출발한 똥이 똥독에 빠지면서 소리가 나기까지, 정확히 1.8초가 걸렸다. 누런 빛깔의 똥물이 튀어봐야 엉덩이를 들며 엉거주춤 일어서지 않아도 됐지만, 문제는 그놈의 소리였다. 똥 덩이가 떨어질 때마다 풍덩, 하는 소리가 똥통을 넘어 길가로 새나가는 바람에 길 가는 사람들이 듣고 걸음을 멈출까 봐 조마조마 눈치를 보아가며 힘을 줘야 했다. 그 아랫집 통시에 비하면 우리 집 똥돼지 똥간은 호텔이었다.

또, 그 소리 나는 통시는 문을 열고 들어서자마자 구멍 아래로 빠져 똥물 속에 잠기게 될 수도 있다는 두려움이 밀려와 가슴이 뛰고 머리가 어지러웠지만 2층 똥돼지 똥간은 그 점에서 안심할 만했다. 게다가 통시를 사용하는 사람이면 누구나 돌아가며 한 해 한 번은 똥통에 꽉 찬 똥물을 퍼 텃밭에 내야 했는데, 할아버지가 약으로 쓸 똥물을 받기 위해 주렁주렁 매달아 놓은 큼직한 대나무 통에 자루가 긴 똥바가지가 걸려 똥을 푸는 게 여간 어려운 일이 아니었다. 2층 똥간은 돼지가 똥을 말끔히 먹어치워 똥을 푸는 걱정일랑 애초에 없었다.

그러나 나는 그 무엇보다, 2층에 앉아 힘을 주고 있으면 엉덩이 아래서 돼지가 꿀꿀거리는 게 좋았다. 또 똥이 떨어지면 개처럼 날름 받아먹는 똥돼지가 기특하기까지 했다. 떨어지는 똥 덩어리를 돼지가 한입에 받아 냠냠거리는 소리는 내가 바지를 내려 엉덩이를 널빤지와 널빤지 사이의 구멍으로 조준을 잘해 똥이 널빤지에 붙지 않고 잘 떨어지고 있다는 신호였다. 엉덩이를 널빤지 사이의 구멍에 정조준하기란 여간 어려운 게 아니었으니까.

그런데 아랫배에 힘을 주다 말고 엉덩이를 널빤지 구멍 한가운데로 조준하기 위해 엉금엉금 쪼그린 다리를 움직이는 수고를 하지 않아도 될 즈음, 여름에는 쪼그리고 앉아 땀을 뻘뻘 흘리거나 겨울에는 불알이 딱 올라붙는 추위에 떨지 않아도 되는 날이 오고야 말았다.

어느 날 아침이었다. 줄줄, 그만 설사를 했다. 배탈이 난 거였다. 1층에 사는 그가 하마하마 똥 덩이가 떨어질까, 2층을 쳐다보며 입을 벌리고 기다리다 똥 벼락을 맞는 사태가 벌어지고 말았다. 검은 털이 온통 노란 털로 바꿔치는 불상사가 일어난 것이다.

아래층에서는 아무런 소리가 나지 않았다. 나는 좀 이상하다 싶어, 한 줄기를 쏟아낸 뒤 힘을 주다 말고 엉덩이를 뒤로 쭉 빼며 소나무 널빤지 구멍 사이로 내려다보았다.

그때였다.

"감히 내 머리에 똥을 싸!"

그런 원망이라도 하는 듯이 그가 입에 거품을 물고 꿀꿀거렸다. 그는 화가 머리끝까지 차올랐는지, 힘을 다해 온몸을 뒤틀어댔다. 둘레둘레, 이리저리 머리를 흔들더니 곧이어 온몸의 털을 빳빳이 세우고 1층을 맴돌았다.

순간 내 양 낯짝이 온통 스멀거렸다. 똥파리 떼가 얼굴에 앉은 듯했다. 끈적끈적한 게 두 볼기짝을 타고 흘러내렸다. 나는 얼른 똥구멍을 꽉 조이며 왼손바닥으로 얼굴을 훔쳤다. 다시 콧구멍을 벌름거리며 두 눈으로 나의 손바닥을 살폈다. 똥이었다.

그때부터 나는, 그 비좁은 널빤지 구멍 사이로 뛰어오를 수도 있는 똥이 신기하고 놀랍고 또 무서웠다.

그날 나는 그렇게 그 호텔에서 똥을 뒤집어쓴 뒤부터 똥이 마려우면 똥싸개란 말을 들어가며 앞산으로 달려갔다. 소나무 숲 속에서 엉덩이를 내리까기 시작했다. 요즘도 산 근처에라도 가면 소나무 숲을 찾아 어김없이 엉덩이를 까고 똥파리를 불러 모으며 염불을 하곤 한다.

아파트 좌변기서 누는 똥은 쏴- 하니 물로 씻어 어디론가 내보내면 말짱 끝장이다. 거름 중에 상 거름인 똥거름으로 되돌려 놓는 재생·부활 가능한 똥 싸기가 아니다. 제비둥지를 송두리째 뺏는 명매기의 기름진 산똥마저도 곰삭혀 흙으로 만들 수 있는 똥파리의 새끼치기를 위해서도 요즘 들어 나는 산에서 똥 싸기를 더욱더 좋아하게 되었다. 똥파리가 똥을 핥고 나면 그제야 냄새 나는 똥이 기름진 흙이 되는 역사가 더는 비밀이 아니란 걸 알았다.

더욱이 산에서 똥 싸는 맛도 그만이다. 엉덩이를 까자마자 바람이 살랑살랑 불어오면 아랫배에 힘주는 것도 잠시 잊곤 한다. 물론 세상사 시름도 잠시나마 잊게 된다.

"픽!"

"뿌지직, 뿌지직."

소리가 덤으로 산 저쪽에서 메아리가 되어 되돌아올 것 같아 코를 벌름거리며 귀를 쫑긋 세워보기도 한다.

그때, 어김없이 어디에선가 똥파리가 찾아온다. 똥냄새가 퍼지기 시작하자마자 똥파리가 날아들어 윙~윙~ 눈앞에서 왔다 갔다 한다. 호박벌보다도 더 토실토실한 똥파리다. 하나 둘 셋, 또 다른 똥파리를 불러 모으고 있다. 어느새 똥파리는 알까기를 시작한다.

'똥파리가 없다면 어떻게 될까? 똥이 거름이 되고 흙이 되고 밭이

되고 밥이 되어 다시 똥이 되고 흙이 되는 그런 날이 올까?'

똥을 싸다 그날을 꿈꾼다.

생똥이기 때문일까, 똥간에서 냄새가 지독하다. 사실 아름답지 못한 냄새다. 그대로는 두엄으로 내다 쓸 수도 없다. 똥돼지의 밥으로나 안성맞춤인 생똥이 똥간마다 넘친다. 솔로몬의 지혜로 무장한 돼지가 먹기 좋은 생똥인가.

십자가의 보혈을 빨아먹는 흡혈귀 같은 돼지가 좋아하는 똥, 그 생똥은 똥이 아니다. 지금 당장 다시 보라. 그 똥은 똥이 아니다. 그 똥은 그야말로 너의 똥이다.

생명의 똥은 곰삭혀야 한다. 잘 삭은 똥은 양식으로 충분하다. 생똥을 먹은 제주도의 똥돼지는 맛 좋은 육신의 밥으로 밥상에 오른다고 하지만, 나는 아직 잘 삭은 똥을 좋아한다. 자궁에서 새 생명이 잉태되듯, 생똥마저도 곰삭아 젖과 꿀이 흐르는 골고다 언덕 똥간을 위해 기도한다. 똥이 십자가가 되는 살림터를 위해.

나의 숲 속 똥간 똥은 썩어 흙이 된다. 요즘 똥간의 똥과는 사뭇 다르다. 한 알의 밀알이 되듯, 흙이 되고 생명의 젖줄이 되는 똥간의 똥을 너는 봤느냐. 수세식 똥간에서는 죽어도 똥이 흙이 되는 걸 볼 수 없다. 배에 실어 먼 바다 공해에 수장시키기 때문이기도 하다. 미안하지만, 너의 생똥은 똥배에 실어 바닷물에 버려야 한다.

그야말로 똥이 똥으로 끝난다.

그런데 그놈의 똥은 도시 한가운데 버티고 있다. 말로만 목자요 입으로만 섬기는 자, 똥간의 똥은 아스팔트 위 지천에 깔려 있다. 그 입은 생똥의 빛으로 빛난다. 그러나 결코 흙으로 되돌아갈 수 없어 종말에는 먼 바다 가는 뱃길에 뿌려질 똥이다. 재생 불가한 그 똥간의 똥을 믿고 따르자니 갑자기 아랫배가 살살 아프다. 세상이 똥구덩이에 빠진 십자가의 예수를 건져내려 몸부림치는 통에 배가 아픈지도 모르겠다.

흙으로 만든 창조주의 뜻을 왜곡하는 똥간의 똥돼지를 4대강 건너 도축장으로 보내 재생 가능한 에너지원으로 식탁에 올려봄이 어떻겠는가. 돌팔매 맞을 똥타령에 불과한 소린가. 이참에 나의 똥간건설의 삽질을 해 보자는 것이다. 똥의 혁명을 위하여……

생각하면, 예수는 바리새인들 눈에 똥이었다. 그들의 율법과 전통을 거부하고, 사람들을 그 무거운 짐으로부터 자유롭게 하여 주며, 형식적인 신앙을 통렬히 비난함으로써, 혹세무민(惑世誣民)의 죄목을 뒤집어쓴 채 십자가에 매달려 처형된 예수는 완악한 바리새인들에게는 바로 생똥이었는지도 모른다.

하여튼, 나는 아직도 그 옛날 은혜의 똥간을 잊지 못하고 있다. 이른 아침, 그 똥간에서 밤새 움켜잡은 아랫배에 힘을 주면서도 나는 빛나는 새벽별을 헤아릴 수 있었다. 돌이켜보니, 그즈음 그렇게 똥간에서 아침을 맞이한 날이 많았다.

집 뒤 남새밭 가장자리, 마을 앞산 당산나무 소나무 숲 속, 곰삭은 똥을 뿌린 보리밭 뒷구석이 나의 똥간이었다. 어른이 돼서야 머리며 가슴 속의 똥을 비워내기 위해 주일에 한 번씩, 여름 한낮에도 차가운 바람이 나오는 붉은 십자가 아래의 똥간에서 똥 싸기를 시작했다.

그런데 어느 날부터 붉은 첨탑 아래의 3성급 호텔 같은 똥간에서 똥 싸는 게 점점 어려워졌다. 어찌된 영문인지, 더욱 아름다워야 할 똥간은 점점 똥간답지 못하다는 것을 알아채고부터였다. 요즘엔 거리마다 가가호호 똥간을 만들고 있지만, 똥간다운 똥간은 없어 보인다.

똥돼지 없는 똥간이기 때문일까. 절이 산으로 갔듯, 똥간이 산으로 가야 똥간다운 똥간이 나의 묵직한 아랫도리를 시원하게 풀어 줄 수 있을 것 같다는 생각이 자꾸만 든다. 머릿속만 아니라 가슴에까지 쌓여 있는 똥 덩이를 시원하게 비워내지 못하고 있다. 한마디로 지독한 변비다.

그 옛날 똥간의 똥은 밭두렁 호박구덩이에서 큼직한 호박으로 환생했다. 그러나 세상이 좋아졌다고들 하는 이 시절에, 어찌하여 나는 똥간에서 똥을 싸지 못하고 변비로 가슴앓이를 하고 있는가. 생명의 젖줄이 시작되는 똥이 곰삭는 똥간, 낮은 곳으로 임하는 똥을 한입으로 받아먹는 돼지가 사는 똥간이 사라졌기 때문일까.

십자가 아래의 똥간 돼지는 '서둘러 똥을 싸야 천국에 갈 수 있다'며 울대를 돋우고 있다. '참고 견디는 자만이 하늘나라에 갈 수 있다'라고, 똥돼지는 꿀꿀거리며 똥간을 빙빙 돌고 있다. 그 옛날 똥돼지는 비계가 적고 육질이 단단했지만, 세월 따라 진화한 똥돼지는 온통 기름덩어리로 입에 거품만 잔뜩 물고 있다.

이제 대한민국 십자가 아래의 돼지는 생똥을 보고도 꿍꿍거리기만 할 뿐 날름 받아먹지 않는다. 돼지는 더 굵고 더 길고 더 큰 똥덩이를 내려주실 것을 기도하듯 꿀꿀거릴 뿐이다. 그러니 아랫배에 힘을 주어도 도리어 아랫도리가 답답하고 가슴이 울렁거린다. 똥간을 멀찌감치 바라만 봐도 혼란스럽다.

나는 요즘 부쩍 똥간이 싫다. 골목마다 크고 작은 똥간이 줄지어 서 있지만, 내가 들어가고 싶은 성령 충만한 똥간은 없다. 어쩌다 아방궁 같은 큼직한 똥간에 들어가 아랫배에 힘을 줘 보지만, 진작 더욱 낮은 곳으로 임해야 할 똥이 나오질 않으니 어쩌랴.

오늘도 나는 붉은 십자가 아래의 똥간을 서성거린다. 단지 똥을 싸기 위해.

　나의 똥간은 돌고 도는 만물의 역사 가운데 중심이다. 똥간은 종시(終始), 만물의 영장이 배설해 놓은 똥을 기름진 흙으로 다시 되돌려 놓는 새로운 생명 탄생의 산실이다. 똥이 똥으로 끝나는 게 아니라, 다시 밥으로 되돌아가는 역사가 똥간에서 일어나는 꿈을 꾼다. 또 하나의 아름다운 새 출발의 터미널, 삶의 시간 속 쌓인 찌꺼기를 태워 생명줄로 거듭 태어나는 성령 충만 역사의 기적이 일어나는 똥간을 꿈꾼다.

　"똥은 똥이다!"

　십자가를 앞세워 믿는 자의 눈으로는 똥은 똥일 뿐이다. 그렇게 믿는 자의 눈에는 똥의 종말만 실재할 뿐이다. 그러니 세간에서 똥간의 십자가를 철거해야 한다고 한다. 거리거리 넘쳐나는 똥간의 십자가를 재건축 조합 철거반을 동원해서 엠비가 전봇대 뽑듯 뽑아야 한다는 것일까.

　누가 똥을 더럽고 더럽다 하는가. 똥을 똥이라 부르는 네가 바로 예수를 십자가에 못 박아 죽인 신바리새인이다. 똥은 오메가가 아니라 알파다. 네가 바리새인이 아니라면 똥간의 똥은 말씀이요 생명이다. 큼직한 붉은 십자가 절간회당이 아니라 낮고 좁은 다락방 똥간에서 나온다 하지 않았느냐. 생명의 말씀은 똥간에서 나온다.

똥, 똥! 똥을 똥이라 함부로 말하지 마라. 남도 아닌 널 위해 밤새 스스로 온몸을 태운 십자가의 똥이다. 생각하면, 처음부터 똥이 똥 된 게 아니니 네가 싼 똥 보고 코 막지 마라. 온몸을 태워 생명을 준, 밤새도록 널 사랑한 감사의 똥, 은혜의 똥이다.

수세식 똥간에서 똥 싸지 마시라. 큰길가 십자가 건 대형똥간의 문지방 쉽게 넘지 마시라. 뒷밭에서 똥 싸 봤느냐. 소나무 숲 속에서 엉덩이를 내리까면 진리의 똥간 생명의 흙으로 돌려보내는 역사. 바리새인들의 돌팔매에 얻어맞을 똥간의 똥은 따로 있으니 똥이라 공해상에 내던지지 마라. 똥을 십자가에 매단 네가 배신자 삭개오라. 수세식 똥간 똥, 언젠가 먼 바다 어디쯤서 부활하겠지 믿지 말고 드넓은 대지 위에 똥을 싸시라.

똥은 똥이 아니라 하지 않는다. 베드로는 세 번이나 똥을 모른다고 했지만 똥간 똥은 똥이다. 소장·대장, 똥꼬 속의 똥만 똥이 아니다. 나의 머리와 너의 가슴 속의 똥이 똥이란 걸 아느냐.

아멘, 아멘……! 말로만 외친다고 똥을 쌀 수 있겠는가. 쿵쿵닥, 밴드소리에 손뼉 치며 입으로 똥 싸는 족속은 결코 똥간다운 똥간에서 똥을 쌀 수 없다.

삐까뻔쩍, 백 번 입으로 외치느니 단 한 번만이라도 소나무 숲 속에서 아랫배에 힘을 줘봐라. 풀꽃과 산새, 바람 살랑살랑 부는 둔덕 햇살 속에 똥을 싸시라. 똥돼지 마구 똥간에 어슬렁거리지 마시고 뒷산 잔솔밭에서 엉덩이를 내리까설랑 생명의 똥, 말씀의 똥, 부활의 똥을 싸 보시라. ♧

3부

피사리

그 보리 문둥이 같은 나날은 길었다. 사오정이 처음으로 어머니를 따라 논에서 일을 배우기 시작한 해였다. 전구범이 호시절이 임박했다며 탕탕거렸지만, 감자밭이랑 따라 두둑에 손을 넣어보아도 쥐 불알만 한 것도 잡히지 않았다. 엎친 데 덮친 격으로 피가 논을 점령하여 모가 설 자리를 잃었고, 쥐가 논두렁에 구멍을 내 밤새 논물이 빠지고 두렁이 무너져 내렸다. 못 말리는 악동 시절, 철부지 사오정도 마냥 세월을 탓할 수만은 없었다.

뻐꾸기는 날마다 밤낮없이 울어댔다. 그만하면 목이 아프고 배가 고파서라도 울음을 멈출 것 같았지만, 잠시도 쉬지 않고 연못 둔덕 너머 키 낮은 소나무숲 속에서 울었다. 찌르레기마저 덩달아 종일토록 울어댔다. 다시 논둑을 따라 이 잡듯 둘러보며 좀 익었다 싶은 보리이삭을 골라 손톱으로 눌러보았지만 푸르뎅뎅한 물이 삐죽거리며 나왔을 뿐이었다.

그해 사오정은 논두렁에 개불알풀, 쑥부쟁이, 개망초 같은 들풀이 흐드러지게 돋아날 무렵부터 쇠고삐를 잡기 시작했다. 소먹이는 중요했다. 모를 내기 위해서 논갈이를 하고 써레질을 할 소를 배불리 먹여야 했다. 한겨울 내내 쇠죽을 끓여 먹였지만, 소의 궁둥이에 붙은 쇠똥은 논두렁에 난 풀을 뜯어 먹기 시작하고서야 미련 없이 떨어져 나갔다.

처음 고삐를 잡던 날 사오정은 소에게 끌려 다녔다. 소가 가는 대로 고삐를 잡고 뛰어다녔다. 소가 그를 이리저리 사정없이 끌고 다닐 때 사오정은 그만 울음을 터트리고 말았다. 콧물이 흐르고 눈물이 앞을 가렸지만, 그는 쇠고삐만은 놓칠 수 없었다. 그가 초등학교에 들어가기 전이었으니, 아마 일곱 살쯤 되었던 때였으리라.

"가자, 디딜방앗간에."

땟거리가 궁하던 어느 봄날, 어머니는 풋보리를 가득 담은 함지를 머리에 이고 사오정을 불렀다. 사오정은 이불에서 나와 마루에 걸터앉으며 주먹으로 아직 잠이 덜 깬 눈을 비볐다.

"얼른 가자."

어머니는 골목으로 나서며 다시 그를 재촉했다. 졸, 졸, 졸…… 집 앞 개울물 흐르는 소리가 끊어질 듯 이어지며 그의 귀를 간질였다. 어머니를 뒤따라 골목으로 나서자 해가 앞산에서 고개를 빠끔 내밀고 있었다. 햇살 한 아름이 한순간에 그에게로 달려들었다. 사오정은 눈을 제대로 뜰 수가 없었다.

"하나 두울, 하나 두울……."

사오정은 방아다리를 힘껏 밟았다. 방아의 공이가 가까스로 들렸다. 그의 장딴지에 탱글탱글 알이 배기고 있었지만, 풋보리 껍질은 생각보다 더디게 벗겨졌다. 등에서도 땀이 흐르기 시작했다. 아침밥 짓는 한 줄기 연기가 동네를 낮게 감싸 돌고 있었다.

"아직 제대로 여물지 않았네."

어머니가 밀가루같이 작고 보드라운 한 줌의 껍질까지 쓸어 담으며 혼잣말을 했다. 보리쌀은 하얀색의 분을 날리지는 않았다. 시퍼런 줄무늬 흔적이 보리쌀알에 고스란히 남아 있었다. 껍질과 보리쌀알이 납작하게 엉겨 붙어 짓이겨진 게 반쯤이나 되어 보였다.

사오정은 어머니의 손놀림을 한동안 바라보았다. 어머니는 껍질이 잘 벗겨진 보리쌀과 다시 좀 더 껍질을 벗겨야 할 것들을 용케도 골라내었다. 심지어 껍질도 서너 가지로 나누어 함지에 담았다. 고운 겨와 거칠고 성긴 겨, 그리고 보리쌀에 착 달라붙어 떨어질 생각을 하고 있지 않은 것들을 순식간에 골라내었다. 껍데기는 껍데기, 알맹이는 알맹이대로 쓰임새가 달랐다. 껍데기는 돼지에게 던져 줄 요량이었다. 사오정과 어머니는 그날 해가 하늘 가운데쯤 지날 때에야 늦은아침으로 보리밥을 먹었다.

끝이 까맣게 탄 부지깽이도 일어나 일을 한다는 유월이 성큼성큼 다가오고 있었다. 동네 사람들은 날마다 날이 채 새기도 전에 논과 밭으로 나섰다. 사오정도 아침마다 어머니를 따라 들판으로 달려갔다. 비 온 뒤 빠르게 자라나는 죽순같이 모판에서 고개를 내미는 몹쓸 지슴인 피를 냅다 그냥 두고 볼 수만은 없어서였다.

사오정은 아까시나무 꽃잎을 훑어 입속에 털어 넣었다. 꽃잎은 사오정의 칼칼한 입속에서 이내 침을 만들어 냈다. 꽃향기가 목구멍을 타고 넘어가 큰창자와 작은창자를 지나가는 듯했다. 사오정은 쇠고삐를 꽉 잡았다. 송아지가 앞서거니 뒤서거니 했다. 사오정의 두 눈은 찔레넝쿨 밑의 먹음직한 찔레순을 찾아 두리번거리고 있었다.

"이랴, 이랴!"

개울 건너편에서 김만석의 목소리가 들려왔다. 모를 내기 위해 소를 부려 써레질을 하는가 보았다. 환갑이 지난 김만석의 목소리는 앞산을 울릴 만큼 짱짱했다. 그는 보리를 심지 않은 논을 생갈

이한 다음 풀잎을 거름으로 넣고 물을 가두어 두었다가 써레질을 하고 있는 참이었다. 논바닥을 평평하게 써레질한 후에 모내기를 할 모양으로, 그의 목소리는 한껏 흥에 젖어 있었다. 한겨울 내내 계획해왔던 써레질이었을 것이다.

김만석의 천수답은 들판 위쪽 가장자리에 터를 잡고 있었다. 그 덕에 해마다 별달리 물 걱정을 겪지 않아도 되었다. 풀이 삭으면서 나는 비릿한 냄새가 논둑 사이의 좁은 길을 넘어와 사오정의 코를 근질거리게 했다. 논들 모판 사이사이, 푸른 보리이삭이 바람 따라 간간이 물결을 쳤다.

"소는 저기 묏등 옆 고염나무에 퍼뜩 당그라매 두고 모판의 피를 뽑아라."

"잘 봐라, 이렇게 풀리지 않도록 잘 묶어야 한데이."

어머니는 고욤나무에 고삐를 손수 묶어 시범을 보였다. 쇠고삐를 야무지게 달아매는 일이 소를 앞에서 이끌고 가거나, 소 궁둥이를 뒤따라 몰고 가는 것보다 어려웠다. 고삐를 잘 못 매면 이내 매듭이 풀리고, 소는 이때다, 보리밭이나 모판으로 직행하여 난장판을 만들 수도 있었다. 묶인 소가 사오정의 뒷모습을 물끄러미 쳐다보았다.

사오정은 검정 고무신을 벗었다. 고무신에 물이 들어가면 미끄러워 넘어지기 십상이란 것을 이미 잘 알고 있는 터였다. 그는 바짓가랑이도 무릎 위에까지 둥둥 걷어 올렸다.

첨벙, 소리를 내며 사오정은 못자리 논에 뛰어들었다. 물은 생각보다 차가웠다. 물은 무릎까지 올라왔다. 그 통에 바지가 젖었다. 고운 흙이 발바닥에 착 달라붙었다. 미끌미끌한 촉감이 머리끝까지 기어 올라오는 듯했다. 벌레를 밟았을 때의 감촉과 흡사했다. 오른쪽 엄지발가락 사이로 흙이 비집고 들었다. 마치 작은 생쥐를 지그시 눌러 밟고 있는 것 같은 느낌이었다. 생쥐가 발가락 사이로 파고들어 끼는 듯해 한쪽 발을 물 밖으로 들어 올렸다.

모판 안쪽으로는 당연히 사오정의 팔이 닿지 않았다. 두렁에서 볼 때와는 달리, 모판은 너무나 넓고 길어만 보였다.

"엄마, 이게 다 모 같은데……."

"그래, 피는 꼭 모같이 생겨서 한 번에 찾아내기는 어려울 게다."

그러면서 어머니가 피 한 포기를 사오정에게 내밀었다.

"잘 봐라, 이게 피다!"

사오정도 허리를 펴고 그 피라는 놈의 이모저모를 살폈다. 사오정의 눈에 모판에는 단 한 포기의 피도 없어 보였다. 가을이 되면 죄다 영근 벼이삭을 매달 어린 모로 보였다. 그는 다시 허리를 굽혀 모판에 머리를 처박았다. 눈앞에서 물방개가 물속으로 달음질치는 게 보였다. 소금쟁이는 물 위를 슬슬 기어 다녔다.

"이게 다 피 같은데⋯⋯."

사오정이 어머니를 다시 불렀다. 이번에는 모판이 죄다 피로 가득해 보였던 것이다. 모가 피 같았고, 피가 모 같았다. 도무지 구분이 안 갔다.

"이놈아, 그래가지고는 사흘에 피죽 한 그릇도 못 먹겠다. 이렇게 눈썰미가 없어 어떻게 세상 살아가겠노. 장차 커서도 이럴 끼가? 지금부터 눈 크게 똑바로 뜨고 찬찬히 살펴보래이."

사오정의 눈에는 피가 논두렁에 내팽개쳐지지 않으려고 모로 위장을 하는 것처럼 보였다. 그 모판의 피라는 놈은 하나같이 모보다 키가 크고 튼튼해 보였기 때문이었다. 잘 자라는 푸른 잎은 한눈에 척 봐서는 모인지 피인지 도통 분간할 수가 없었다. 두 번, 세 번 집중하여 요모조모를 찬찬히 살펴보았지만 딱 부러지게 모판의 피를 골라낼 수 없었다.

못자리의 피사리를 시작한 지 며칠이 지나서야 사오정은 하나둘 피를 골라낼 수 있었다. 피사리는 호락호락, 쉽지 않았다. 사오정은 피라는 놈을 모판에서 뽑아내는 족족 논두렁에다 힘껏 내팽개쳤다. 일단 피로 의심되는 것은 무조건 뽑아 내던지고 보았다.

"뽑고 또 뽑아도 피가 나오는데, 그만 뽑는 게 좋겠어."

"이놈아, 끝까지 뽑아야 한다. 저 아래 논을 봐라."

"온통 피밭, 아니 피논이네."

피라는 것은 요물과 같았다. 뽑고 뒤돌아서면 다시 피가 고개를
쳐들고 나타났다. 일망타진, 한 포기의 피도 남김없이 골라낸다고
했지만 돌아서면 또 그곳에서 세상 무서운 줄 모르고 하늘을 향해
불쑥불쑥 솟아오르고 있었다.

사오정은 높은 하늘이 점점 논바닥에 처박힐 것처럼 보였다. 허리
를 펴고 하늘을 볼 때마다 건너편 산의 소나무들이 빙글빙글 도는
것처럼 보였다. 그렇다고 피사리를 그만둘 수는 없었다.

뱀이 개구리를 한입에 삼켜 녹여 먹듯, 피가 모를 잡아먹는 것을
사오정의 어린 눈으로도 볼 수 있었다. 피는 모보다 빨리 자랐다.
게다가 피보다 키가 작은 모는 햇볕을 받지 못하면서, 군데군데 푸
른 잎이 누렇게 뜨면서 죽어가고 있었다. 피는 소리 없이, 야금야금
모판을 넓게 점령해 갔다. 온 가족이 힘을 모아 정성 들여 피를 뽑
지 않으면 논은 금세 피밭으로 바뀔 게 불 보듯 뻔하다, 어린 사오
정은 생각했다.

모판의 모는 쑥쑥 자라 논에 내야 할 때였으나 물이 없었다. 무
심한 하늘만 바라보았다. 장마가 빨리 시작되기를 기다렸다. 지난

해까지만 해도 물이 부족하긴 했지만 들판에 골고루 나눠 모내기를 했다.

몇 해 전에는 마을 사람 모두가 힘을 합해 할미산자락 아래 들판 어귀에 웅덩이를 팠었다. 논에 댈 물은 늘 충분하지 못했지만, 들판에서 물싸움 소리가 들리지는 않았다. 아끼고 나누고, 논에서 논으로 물을 돌려가며 모를 심었기 때문이었다. 심지어 윗논이 바닥을 드러내면, 아랫논의 물을 윗논으로 퍼 올려서 모가 타죽지 않게 애썼다. 언덕 너머에 있는 논이 마르면 긴 호스를 연결해 물을 대기도 했었다.

그해에는 동네 대부분 논에 모를 내지 못했다. 너나 할 것 없이 모두 안달이 났다. 어머니도 별수 없었다. 7월이 눈앞으로 달려오고 있었지만, 들판에는 물이 돌지 않았다. 동네 사람들이 들판에서 옥신각신 소리를 질러대기 시작했다. 그러나 누구 하나, 소위 총대를 메고 똑 부러지게 나서는 이가 없었다. 옆집에서는 논에 팥이며 메주콩을 심기도 했고, 더러는 메밀 씨를 논에 뿌리기도 했다.

"저 간사한 작자가 자기 논에만 물이 철철 넘치도록 가두고 있어, 밑에 논들은 모를 심지도 못하고 있구만. 오늘 밤 물꼬를 돌려 파버려야지."

"내일 아침에 싸움이 날 텐데……."

사오정이 말끝을 흐렸다. 그러자 어머니가 잠깐 머뭇거리다가 말을 이었다. 어머니도 내심 염려하지 않은 것은 아닌 모양이었다.

"싸움이 뭐 대순가. 전구범 그 떼거리 놈들 입만 입인가. 그 집 논은 모내기한 지가 오래되어 벌써 모가 땅 냄새까지 맡았지 뭐냐. 곧 나락이 패게 생겼다. 그놈의 한정 없는 욕심이 하늘을 찌르고 있다 아이가. 그 집구석 땜에 동네 잘되기는 틀렸다!"

말리기도 내버려두기도 난감했다. 어머니가 오히려 미적거리는 사오정을 끌어들였다.

"너도 함께 가자."

어머니는 삶은 감자 몇 개를 손에 들고 집을 나섰다. 사오정도 뒤따라 골목길을 나섰다. 어느 새 돋은 별이 깜박거리는 밤이었다. 여름 장마가 시작될 기미는 보이지 않았다. 저녁 무렵 하늘의 짙은 먹구름이 서쪽에서 북쪽으로 빠르게 이동하는 날 밤에는 여지없이 비가 내린다는 것을 사오정도 알고 있었다.

개굴개굴개굴…… 악을 쓰듯 울던 개구리가 인기척에 놀랐는지 잠시 울음을 멈추었다. 사오정도 귀를 쫑긋 세웠다. 그때 물꼬마리 잡풀 속에서 물 흐르는 소리가 사오정의 귓속을 파고들었다. 어머니는 물소리를 듣고 단박에 파야 할 물꼬를 찾아내 호미로 물길을 돌렸다. 물은 방향을 바꾸어 쿨쿨 소리를 내며 시원스레 아래로 흐르기 시작했다.

"고삐 풀린 망아지같이 동네 여기저기 헤집고 다니는 염치없는 놈을 눈앞에서 보고도 소위 어른들입네 하는 작자들마저 한통속으로 헛기침만 해대고 있으니, 앞으로가 큰일이다."

어머니는 웅덩이 쪽을 바라보며 뜬금없이 내뱉었다. 달이 웅덩이에 빠져들고 있었다. 머잖아 장마가 시작될 것이었지만, 전구범은 한 톨의 물도 아래로 내려 보내지 않으려고 시멘트로 둑을 높이 쌓아두고 있었다. 어머니는 껄껄 혀를 차며 다시 한 마디 덧붙였다.

"곧 장마가 시작되면 어쩌려고⋯⋯."

피사리는 끝이 없었다. 가까스로 논에 모를 낸 지가 얼마 지나지 않았지만, 사오정이 허리를 굽혀 피를 찾을라치면 뾰족뾰족한 푸른 잎들이 얼굴을 찔러댔다. 어떤 때는 모의 잎이 사오정의 눈을 정곡으로 찌르기도 했다. 그는 흙범벅이 된 손으로 눈을 비벼 애써 눈물을 만들었다. 눈에 들어간 흙 같은 이물이 눈물을 따라 흘러나오면서 찌릿찌릿한 아픔도 시나브로 사라지곤 했다.

"잎만 잘라내면 금세 다시 잎이 자라난다."

어머니는 끊어진 피 잎을 드는 사오정을 보고 말했다. 사오정은 피다 싶은 것을 뽑기 위해 잎을 잡고 살며시 잡아당겨 보았으나, 잎만 끊어지고 뿌리까지 온전하게 뽑지 못할 때가 부지기수였다. 수십만 인파가 촛불을 켜들고서도 완전하게 뿌리 뽑지 못한 일도 있으니, 까짓 그리 나무랄 게 못 되었다.

물론, 어머니의 말대로 피는 뿌리째 뽑아야 했다. 그러나 피는 모보다 훨씬 깊이 흙속에 뿌리를 뻗치고 있었다. 심지어 피의 뿌리는 모의 뿌리를 부여잡고 엉겨붙어 있었다. 모가 피와 함께 달려 나와 뿌리를 드러내기도 했다. 얼기설기 뻗은 피 뿌리는, 물에 씻어보면 강력한 유전인자를 지녔는지 모의 뿌리보다 곱빼기로 굵고 튼튼해 보였다.

사정이 그렇다 보니 작정하고 손을 좀 봐야겠다며 덤벼들어 보았으나, 이내 어디서 어떻게 시작해야 할지 엄두가 나질 않았다. 이를테면 스카이 삼성장학생들이 전방위로 끼리끼리 똘똘 뭉쳐 놀고 있어 끼어들 틈이 없는 것과 똑 닮았다. 명박공화국의 피사리 전문가라는 검사도 피를 제대로 가려내지 못하고 있는 실정이었다. 어머니 같은 피사리의 달인이 아니고는 진짜 피를 찾아내 처리하는 것은 애초부터 불가능해 보였다.

"저기 봐라! 물 반 고기 반이라더니, 피가 나락보다 더 많다."

"땀 흘려 쎄 빠지게 논에 모를 내면 뭐하노. 여름 허구한 날 놀고, 사시사철 돈 놓고 돈 묵는다며 입만 놀리니, 논이 개판이다."

어머니는 벼꽃이 하나둘 피기 시작할 즈음에 아랫집 논을 바라보며 말했다. 사오정은 어머니의 말을 듣기만 했다. 깨알 같은 피가 주렁주렁 탐스럽게 논에 가득 차 있었다. 당장 피죽이라도 쑤어 배불리 먹을 수 있을 것으로 보였다.

아직 어린 축에 드는 사오정의 눈에도 전구범의 싹수는 눈 씻고 찾아봐도 눈곱만큼도 발견할 수 없었다. 전구범은 논에 나와서 일하는 날보다는 입에 게거품인지 개거품인지를 물고 말만 떠들어대는 날이 더 많았다. 혼자 자폭하는 것이면 어쩔 도리가 없는 터이지만, 온 동네 망조가 들게 분위기를 잡아 앞장서고 있으니 큰일이었다.

급기야 그날 저녁 무렵에 어머니가 대놓고 타박을 주었다. 마침 전구범이 모처럼 논에 나와 들판을 휘휘 둘러보고 있던 참이었다.

"보소, 옆집 논까지 다 조지겠다. 돈이 그렇게 협수룩하겠나. 뜬 구름 잡는, 남의 등 처먹는 생각일랑 그만하고 저 논의 피나 제대로 뽑아보소."

전구범이 너털웃음을 터뜨리며 말했다.

"농사일보다는 몇 배나 경제적인 일도 있어요. 주식은 돈이 돈을 낳는 자본주의의 꽃이지요. 이제는 우리도 주식이나 파생상품을 사고팔아서 취리하는 일을 해야지요."

그의 새우눈이 더욱 쭉 찢어져 위로 올라갔다. 되레 논일보다는 돈놀이 같은 것을 해야 한다며 어머니를 타이르는 판이었다. 사오정은 전구범의 말을 알아들을 수 없었다. 경제니 자본주의니, 난생 처음으로 듣는 말이었다. 더구나 선진금융시스템이란 혀 꼬부라진 용어는 너무나 생소했다. 사오정의 생각에는 전구범이 어머니를 해코지하려 들지 않은 것만도 다행이었다.

"내 말이 아니고 성경에도 쓰여 있답니다. 마태복음 25장에 다 나와 있지요. 알 만한 사람들은 다 아는 말씀을 여태 못 들어보았단 말이오?"

전구범이 못마땅해 하는 사오정 어머니의 면전에 대고 오히려 면박을 주었다.

"……?"

어머니는 그저 어리둥절한 얼굴을 한 채 전구범을 쳐다볼 뿐이었다. 그러자 그가 유식한 척 성경의 한 구절을 척 읊어댔다.

"그에게서 그 한 달란트를 빼앗아 열 달란트 가진 자에게 주어라. 무릇 있는 자는 받아 풍족하게 되고 없는 자는 그 있는 것까지 빼앗기리라. 이 무익한 종을 바깥 어두운 데로 내어 쫓으라. 거기서 슬피 울며 이를 갈이 있으리라 하나라!"

그리고는 친절하게도 설명을 덧붙이는 것이었다.

"여기 보세요. 땅에 묻는 일을 하면 그 한 달란트마저 빼앗아 버린다고 했지 않아요? 성경에서도 그렇게 몰아주었답니다. 앞으로 몰아주기 배당을 하는 하나님의 섭리가 이 땅에 오게 될 겁니다. 그날이 얼마 멀지 않았는데, 무식하게 땅만 파면 무슨 소용이랍니까?"

전구범은 기억력도 뛰어났다. 복음서의 한 구절을 한 자도 틀리지 않게 줄줄 읊조렸다. 그 심오한 은유와 상징의 말씀을 자기 논에 물 대듯 제 나름대로 해석하고 있었다. 언뜻 듣고 보니 그럴싸했다. 사오정으로서는 전구범이 이렇듯 산골 동네에 묻혀 살기에는 아까운 인물이라는 생각이 얼핏 들었다. 전구범이야말로 미국 월가에서 취리하는 자로 살 수 있는 주님의 은총을 단독으로 몽땅 받은 게 확실해 보였다.

참다못한 어머니가 급기야 욕을 날렸다.

"전과 9범! 도적질의 달인 전구범! 네놈이 바로 동네의 피다. 불 질러 없애야 할 요물이다."

"아이쿠, 엄마! 들으면 어쩌려고!"

사오정은 급히 어머니의 말을 틀어막았다. 전과 9범이 아니라 무려 14범이라는 전구범은 다행히도 어머니의 막말을 알아듣지 못한 것 같았다. 사오정은 자신의 가슴을 쓸어내렸다. 요령 좋은 전구범이 검찰을 찍어 누르면 오히려 어머니가 백 번 잘못한 것으로 덮어쓸 공산이 컸던 까닭이었다. 더구나 그의 둘째 딸 시아버지가 서울에서 방귀깨나 뀐다는 소문이 동네에 파다했다. 사돈의 팔촌쯤 되는 얄팍한 연줄 하나면 나라의 법마저 충분히 좌지우지할 수 있는 요지경 세상이었다. 일 나면 허구한 날 남 탓으로 돌리며 법대로 하자고 우겨대는 시절이었으니 사오정이 잔뜩 겁을 집어먹을 만도 했다. 입에 재갈을 물리려 뒷조사라도 하는 날이면 인터넷 웹2.0이 아니라 그 할애비가 있다 한들 어머니는 입을 틀어 닫을 수밖에 없었다.

"저 미꾸라지, 생쥐 같은 놈을 누가 세상 밖으로 내 쫓지 않고……."

"엄마, 듣겠다."

"들으라면 들으라지. 혼자 죽으면 괜찮지. 물귀신 같은 놈, 뭐가 무섭노."

"그래도 한동네에 사는 아재 아이가."

"아재는 무슨 귀신 씻나락 까먹는 아재가. 지가 참말로 대통령이라도 되는 줄 아는감?"

사오정은 자신의 어머니가 전구범에 대해 그토록 쌓인 게 많은 줄 몰랐다. 뭐, 그냥 그런 사람하고는 아예 말 섞지 않고 상종을 말아야 했다. 힘닿는 대로 흙이나 파먹고 사는 게 상책으로 보였다.

"엄마, 엄마가 그를 바꿀 수는 없다. 또, 누가 뭐래도 바뀔 사람 같지도 않고."

"이놈아, 그럼 누가 누굴 바꾼단 말이가? 저 작자가 나를 바꿀 수는 없는 노릇 아이가?"

사오정은 곁눈질로 뒤를 살폈다. 전구범이 귀를 쫑긋 세웠다면 충분히 들리고도 남을 만한 거리였다.

바람이 그를 지나 사오정이 가는 길 위로 불고 있었다.

피사리도 게을리 할 수 없었지만, 어머니는 날이 흐리고 비라도 올라치면 만사 제쳐두고 논들로 내달렸다. 모를 내고 나서도 갑자기 내리는 소낙비를 대비하여 평소에 물꼬와 무넘기의 높낮이를 돌보는 게 무엇보다 중요했다. 밤새 큰물이 흘러들어 와도 논이 요구하는 적당한 물만 들어오게 논 입구의 물꼬를 다스려야 했다. 벼의 성장기에 따라 부족하지도 않고 넘치지도 않게 물꼬의 높낮이를 조절해야 했던 것이다.

논에 들어온 물, 한 줌도 헛되이 사라지도록 가만히 내버려둘 수 없었다. 두더지며 쥐가 잠시의 게으름도 용납하지 않았다. 예사롭게 논두렁을 지나친 날이면 어김없이 쥐가 판 구멍으로 밤새 물이 빠지고 말았다.

어떤 날 어머니는 다른 일을 전폐하고 아침부터 쥐구멍을 찾아 두렁을 샅샅이 뒤지기도 했다. 그런 날은 사오정도 두 눈을 부릅뜨고 두렁을 살펴야 했다. 행여 큰 쥐가 논두렁에 구멍을 뚫어 놓았다면 이웃까지 불러와 횃불을 켜서라도 쥐구멍을 속히 막아야 했다. 두렁에 쥐약을 놓아 일망타진으로 잡는 게 좋을 것 같았지만, 어머니는 쥐약 살 돈이 없는 듯했다. 콩 속에 비상(청산가리)을 넣어 쥐가 다니는 길목에 놓는 것도 한 가지 방법이라고 사오정이 말했지만, 어머니는 못 들은 척했다.

논두렁의 쥐구멍뿐만 아니라 무넘기도 어머니의 손길을 기다렸다. 논물이 필요 이상으로 많이 차면 스스로 논 밖으로 흘러넘치게 무넘기로 조절해야 했다. 욕심대로 물을 가두어 놓는 게 능사가 아니었다. 벼가 자라는 상태를 보고 무넘기의 높낮이를 달리하는 게 농사의 지혜였다.

물론, 논바닥에 물이 골고루 퍼져야 하는 것은 기본 상식이었다. 햇볕이 논 구석까지 골고루 찾아들듯, 물도 논바닥에 두루 퍼져야 가을에 제대로 된 수확을 기대할 수 있었다. 대기업 프렌들리, 즉 큰집에 '몰방'하려다 시장의 신뢰를 잃은 것과 같은 이치였다. 어머니는 논바닥에서도 경쟁력이 없는, 벼멸구며 도열병 같은 병충해에 시달리는 벼에 더 많은 정성을 쏟았다.

"물은 돌고 돌아야 한다. 따지고 보면 개뿔도 없는 놈이 물 욕심만 가득 차면 제 명에 살지 못하는 법이지. 자기 논에 물을 죄다 가두려고 물꼬를 자꾸 높이다간 밤새 논두렁이 터지고, 결국 남의 집 논에까지 피해가 가게 만들고 말지."

어머니는 논두렁을 잘도 탔다. 사오정은 소가 여물을 되새김하듯 어머니의 말을 생각하며, 어머니의 발자국 자리에 자신의 발을 조심조심 내디뎠다. 어머니의 말은 몇몇 놈의 한없는 욕심을 채우기 위해 분별없이 물꼬며 무넘기를 시멘트로 처바르는 토목공사로 높여서는 아니 된다는 것이었다.

어머니는 특목고 옆에도 가지 않았다. 더구나 영어몰입교육이란 말조차 들어본 역사가 없었다. 하지만, 동네 어느 한 집에 불이 나면 옆집 초가삼간이나 윗집 고래 등 같은 기와집이나 가릴 것 없이 모두 타버릴 수도 있다는 이치를 논두렁에서 깨우치고 있었다.

아니나 다를까, 추석을 얼마 앞두고 추녀 밑의 벌통 속같이 온 동네에 야단이 나고 말았다. 폭우를 동반한 태풍이 부는 날이었다. 촌사람들 힘으로는 어찌할 수 없는, 바다를 건너온 태풍은 일 년에 반드시 한두 번은 겪게 마련이었다. 그러기에 좋은 날에 합심으로 땀 흘려 방비하여 나중에 있을 피해를 조금이라도 줄이는 방도밖에 없었다.

"들판이 쑥대밭으로 변했다! 아이고, 이 일을 어찌할꼬!"

"웅덩이의 둑이 터지고 논두렁이 무너져버렸다고. 들판이 온통 흙으로 뒤덮이고 말았다고."

김만석은 맨몸으로 비를 덮어쓴 채 동네 어귀로 들어서며 울부짖었다.

"내 이럴 줄 알았지. 태풍이 오기 전에 논물을 텅 비워놔야 했는데, 그 작자가 물귀신같이 물을 찰랑찰랑 가두어 두었으니 응당 올 것이 온 것이오. 그 똑똑한 작자가 무슨 수작을 꾸미고 있는지 도통 알 수가 없다니까. 그보단 앞으로가 더 큰 문제요."

김만석이 울먹였다. 닭똥같이 굵은 빗방울이 그의 허옇게 쉰 머리카락을 타고 내려와 얼굴을 덮었다. 비바람 소리가 동네를 집어삼키고 있었다.

얼마쯤 후, 하나같이 문간에서 두 발만 동동 구르고 있던 동네 사람들이 개울 앞 공터로 모여들었다. 그 사이에도 장대비는 지칠 줄 모르고 내렸다. 동네 앞의 개울물 흐르는 소리가 모두의 가슴을 사납게 울려댔다. 개울물을 건너 논들로 달음박질칠 엄두조차 내지 못했다. 개울에는 위쪽에서부터 휩쓸려온 크고 작은 돌멩이가 요란하게 구르며 함께 떠내려가고 있었다. 돌멩이가 서로 부딪치며 내는 소리가 더더욱 커졌다.

과도한 물 폭탄은 가뭄으로 가슴을 치던 나날보다 더 온 동네 사람들의 가슴을 쿵쿵, 울리게 만들었다.

전구범이 들판을 주름잡기 전까지만 해도 동네에는 오래전부터 내려오는 법도가 논들에까지 미치고 있었다. 그가 안하무인으로 날뛰면서 동네의 법도가 왜곡되었던 것이다. 불난 집에 부채질하듯, 덩달아 고삐 풀린 망아지들이 하나둘 본성을 드러내며 날뛰었다. 논과 밭의 곡식은 닥치는 대로 말라비틀어지거나 짓뭉개져 갔다. 들판의 앞날은 아무도 예측할 수 없게 돌아갔다.

그날도 진흙탕 들판을 바라보며 어머니가 사오정에게 말했다.

"동네 누구 하나라도 과한 욕심을 부리면 어찌 되는가 보았제? 너도나도 악마의 병기로 들판의 물을 죄다 뺏어 물장사 짓거리를 하면 들판이 어떻게 되겠노. 농사꾼이 농사를 내팽개치고 옆길로 빠져 허구한 날 전광판 앞에 앉아 물 놓고 물 따 묵는 물장사꾼이 되는 세상, 그런 놈이 대접받는 세상은 불 보듯 뻔한 기라. 설령 그런 세상에 살게 되더라도, 너는 그 개떡 같은 야바위 시정잡배들 근처에도 얼씬거리지 마라."

전구범이 시장자유를 외치며 점점 깊고 넓게 주위의 선량한 사람들을 점령해 가는 것을 두고 어머니가 사오정에게 그렇게 타일렀다. 어머니는 서서히 다가오는 들판의 무한경쟁, 승자독식의 시장원리에 적응하려 들지 않았다. 0.1퍼센트의 희망이 남아 있다면, 그 희망을 위해 어떻게 해서든 싸워 극복하려 했다.

물난리가 난 지 몇 날쯤 지나고서였다. 참다 참다, 동네 사람들이 전구범의 집으로 몰려갔다.

"들판이 흙더미를 뒤집어쓴 게 니놈의 물 욕심 때문인데, 뭐가 자연재해라고 하나!"

"시멘트로 웅덩이 둑을 튼튼하게 해 두었지만, 태풍에 물이 넘치고 둑이 터진 것을 낸들 어쩌란 말이오? 내가 무슨 죄가 있다고 아침부터 여자들이 몰려와서 이 난리법석을 떤단 말이오? 내가 직접 밤낮으로 물을 가둔 것도 아니고, 물이 스스로 차고 넘치는 걸 어쩌란 말이오."

동네 사람들이 이구동성으로 전구범을 몰아세웠다. 그러나 전구범은 낯짝조차 변하지 않고 되레 악을 쓰며 받아쳤다. 기껏 몰려온 동네 사람들도 제 정신도, 온전한 논리도 없는 그를 어찌해볼 재간이 없었다. 세월이 약이라고, 오직 세월만이 그를 심판할 수밖에 없는 듯했다. 모처럼의 합심도 끝내 헛수고였다.

동네 사람들은 제 모습의 들판을 되찾기 위해 구슬땀을 흘렸다. 밀려 내려온 돌이며 흙더미는 치우고 치워도 끝이 없었다. 어떤 논은 형체조차 분간하기 어려웠다.

그런데도 무슨 까닭인지 전구범은 물에 대한 집착의 끈을 놓지 못하고 있었다. 눈곱만큼의 염치라도 있다면 또 다른 일을 벌이지 않았을 것이지만, 그는 점점 더 욕심을 부렸다.

놀랍게도 논들 가운데 빨대를 깊게 박아 대규모로 암반수를 빨아올리는 짓을 시작한 것이었다. 빨대를 지하에 꽂자마자 물은 빠르게 중층적 파생구조 관을 통해 한 곳으로 모이기 시작했다. 논바닥의 물조차 빨대 속으로 빨려들어 갔다.

땅속 깊은 곳의 암반수마저도 고갈되면, 큰놈이나 작은놈 가릴 것 없이 모두의 생존 그 자체를 위협하게 된다는 이치를 그놈이 모를 리 없었다. 모질게도 그는 더욱 빨리 그리고 한 방울도 남김없이 물을 빨아들이는 대토목공사를 암암리에 벌이고 있는 것이 틀림없었다. 곧 들판은 검붉게 타들어 갔고, 개망초꽃이 점령해 갔다.

"물은 하늘로 올라가 비가 되고 눈이 되어 온 산 들판에 다시 내려 샛강으로 흘러야 한데이."

어머니는 체념한 듯 힘없이 사오정에게 말했다. 물이 빌딩의 비밀금고 같은 웅덩이 속에서 썩고 있었다. 동네 사람들은 물이 돌지 않는다고 아우성을 쳤다. 또다시 먹고 마실 물조차 없도록 물의 씨를 말리고 있었다. 벼룩의 간을 내먹는 전구범의 행실을 언제까지 두고 볼 수만은 없었지만, 모두 자신의 가슴만 탕탕 쳐대고 있을 뿐이었다.

"어째 물이 영 시원찮게 뿜어 나오네. 이래서는 젖과 꿀이 흐르는 가나안땅이 어렵겠는걸."

전구범이 지하수의 물이 찔찔 흘러나오는 큼직한 빨대를 보며 물타령을 했다. 마치 쇠똥구리가 집채만 한 쇠똥을 굴리면서 쇠똥이 없다 한탄하는 꼴이었다. 더욱 큰 빨대를 더 깊이 박아 물을 뽑아서 한곳에 모아주어야 세계화를 앞당길 수 있다는 논리였다.

동네는 첩첩산중에 갇힌 형국이었다. 산 넘어 또 다른 산이 기다리고 있었다. 나락이 패고 여물어 가는 들판이 황금 춤을 추어도 모자랄 판에, 꼴뚜기가 뛰고 망둥이도 덩달아 대놓고 뛰기 시작했다. 남의 등 처먹는 빨대를 뽑기는커녕, 도리어 그의 꽁무니에 빌붙어 설치는 한통속이 늘어만 갔던 것이다.

"네 둥지 쑥대밭 돼도 좋다 이거지?"

김이박. 이번에는 김가 이가 박가, 잡탕 삼성의 협박이 계획적으로 기다리고 있었다. 그 찌르레기 같은 놈까지 합세하여 뻔뻔하게시리 위협을 가해왔다.

그 일등기업 찌르레기를 얼마 전까지만 해도 아름다운 새로 알았다. 알고 보니 찌르레기는 휘파람새의 등을 처먹고 몸집을 불리고 있었던 것이다. 그의 행태가 세상에 알려지기 전까지만 해도, 그가 마피아식 행동으로 분탕질한다는 것을 대다수 동네 사람들은 까마득히 몰랐다. 이른 봄부터 들과 산에서 찌르레기가 울어댈 때 알아봤어야 했다. 지독히 큰 그놈의 찌르레기가 뒷간의 똥물까지, 물이란 물은 죄다 빨아댈 게 뻔했다.

김이박 장학생에 고소영 조중동…… 찌르레기들은 끼리끼리 늘 높이 날아다녔다. 쪼르르, 쪼르르, 들판 빨대 물 빨아들이는 소리에 쇠똥구리 똥 타령이었다. 보다보다, 검찰이 민망한 듯 나섰다. 다 같은 동색의 주제에, 뒤늦게 눈치를 봐 가며 찌르레기 둥지의 벽장 속을 압수수색한다며 소란을 피워댔다. 애초부터 하나 마나 한 짓이었다.

급기야, 촛불이 한 날 날을 잡았다. 찌르레기를 쫓기 위해 촛불이 광장을 가득 메웠다. 그 가운데 유모차부대가 촛불을 들고 앞서 나섰지만, 속수무책으로 격파당했다. 찌르레기는 끼리끼리 워낙 덩치 크게 똘똘 뭉쳐 있어 쉽사리 솎아낼 수가 없었다. 어찌나 덩치가 큰지 뽑아낸 자리의 구멍으로 물이 죄다 사라질까 두려웠을 정도였다. 찌르레기가 휘파람새의 둥지에 알을 남겨 두고 떠나도, 분탕질이 두려워 그 알을 버리지 못하고 순순히 키우는 꼴이 되고 말았다.

"어리석은 어린 양들아, 나를 따르라. 나를 믿고 따르면 747 젖과 꿀이 흐르는 영원한 안식처로 들어갈 것이니라!"

붉은 십자가 첨탑에서도 소리를 처질러댔다.

"나 외의 다른 신을 섬기지 말 듯, 모든 물은 한 곳으로 몰아주어야 생존할 수 있느니라."

뻔뻔한 그 얼굴이 나타나 헛소리를 해댈 때, 애써 고개를 돌려 귀를 막아본들 다 헛방이었다. 모든 게 통제 불능, 고난의 행군이 시작된 것이다. 일 년 아니면 이 년쯤 갈까. 오 년을 꽉 다 채우게 될지⋯⋯. 사오정은 장담할 수 없었다.

사오정은 어머니와 달리 찌르레기 공화국에서 살아남기 위해서 그 자신 또한 찌르레기가 되어야 했다. 어쩌면 막무가내로 그를 믿고 따를 수밖에 없었다. 마흔다섯에 정년퇴직할 수는 없었다. 무조건 '오륙도'까지는 가야 했다.

그 옛날, 낮에는 군인에게, 밤에는 산 사람들에게 밥이며 소 잡아 바쳐서 보리문둥이 같은 한목숨을 부지할 수밖에 없었던 시절이 생각났다. 뒤집힌 세상이 죄인이지, 누가 누굴 심판하여 철퇴를 내릴 수도 없는 시절이 되돌아오고 있었던 것이다. 그렇다고 그 애꿎은 손가락을 잘라 마산 앞바다에 내던지고, 언제 올지도 모르는 봄이 제 발로 찾아올 때까지 마냥 손 놓고 기다릴 수만은 없었다. 사오정도 그들을 따라 변해야 했다. 어머니와는 달리.

찌르레기, 논두렁의 피. 그게 더 무섭다는 것은 비가 한 번 내리고 난 뒤면 확연히 알 수 있었다. 잎이 시들시들, 시뻘겋게 타죽어 가는 것은 일백 퍼센트가 나락이었다. 그런데 그놈의 피는 다시 논두렁에 뿌리를 내리기 시작했다. 비라도 내리는 날 밤이면 고향을 찾아들 듯 피는 논으로 엉금엉금 떼 지어 기어들었다. 찌르레기까지 합세하여 밤이슬을 뒤집어쓰고 어머니의 둥지를 송두리째 빼앗았다.

낮에는 경찰, 밤에는 검찰이 들판을 들쑤셨다. 사오정은 언젠가 형들의 토끼몰이 사냥을 본 적이 있었다. 그때가 떠올랐다. 어머니는 토끼처럼 종로에서 을지로로, 다시 청계광장으로 정신없이 내몰렸다. 한동안 어머니는 그들이 물린 재갈을 물고 말문을 잃었다.

"불을 질러라!"

견벽청야작전(堅壁淸野作戰). 비로소 어머니가 명령을 내렸다. 사오정은 무엇을 불태우라는 건지 오래전부터 알고 있었다. 사오정도 그날이 속히 오기를 내심 꿈꾸어 왔었다.

"골짜기 물꼬 옆에 모아 놓고 불 싸지를게요."

사오정의 어린 눈으로 보아도, 불에 태워 사형을 시키는 게 확실한 방법이었다. 생뚱맞게 불이 푸른 산으로 옮겨 붙을 수 있었지만, 그렇다고 피를 불태우지 않고 깨끗하게 처리할 신통한 방도란 아무래도 없어 보였다.

그날 당장 사오정은 산에서 솔가리와 솔방울을 주어다 불쏘시개를 만들었다. 솔가리 속에서 성냥불을 긋자 불씨가 따닥따닥 소리를 내다 이내 소나무 삭정이에 옮겨 붙었다. 사오정은 봄부터 슈아내 모은 피를 불구덩이에 던져 넣었다. 한 아름의 불꽃이 순식간에 피에 옮겨 붙어 타오르기 시작했다. 총검으로 찔러 죽인 다음 청솔가지로 덮고 기름을 부어 불을 지른 것은 아니지만, 불 속에서 피의 토실토실한 푸른 대궁이 비비 꼬이며 타들어 가고 있었다.

박산 골짜기 들판, 불은 점점 거세게 타올랐다. 마치 대보름 축제 폭죽이 밤하늘을 수놓듯, 수천만의 불 알갱이가 하늘 높이 훨훨 치솟았다. 피가 타는 냄새도 연기를 따라 들판 논두렁을 타고 돌았다. 매캐한 연기에 사오정은 잠에서 깨어났다. 간호사가 빈 링거병을 들고 응급실 문을 나서고 있었다.

모든 게 꿈이었다.

대학병원 젊은 정신과 의사가 물었다.

"어떻게 여기까지 왔나요?"

"오다 보니 지금 여기에 앉아 있네요."

사오정은 자신이 대학병원의 정신과 의사 앞에 앉아 있다는 게 믿기지 않았다. 사오정은 몸을 떨었다. 마치 한겨울에 꾹 참고 있던 오줌을 길가 공터에 쏟아내고 나서 두리번두리번 주위를 살피며 바지의 지퍼를 올리다 진저리를 치듯, 사오정은 다시 몸을 부르르 떨었다.

사오정은 잠시 말을 멈추었다. 얼마간 침묵이 흘렀다.

"저는 촌놈으로 태어나 그동안 여러 경험을 했는데, 지금⋯⋯ 한순간에 무너졌다고 생각하니 참을 수가 없습니다."

사오정은 아랫배에 힘을 주며 말했다. 의사는 잠자코 그의 말을 들었다. 그는 긴 한숨을 내쉰 뒤 다시 아랫배에 힘을 주며 말문을 열었다.

"둘째가 다섯 살이고요, 큰딸은 작년에 초등학교에 들어갔어요. 해외생활까지 해 보았지만, 통장 잔액은 바닥을 헤매고 있고⋯⋯."

사오정은 채 말을 끝맺지 못했다. 그나마 그가 말문을 연 것은 대학병원에 오기에 앞서 동네의원 내과에서 엉덩이 주사를 맞은 덕분이었다. 그는 회사에 출근해서부터 가슴이 울렁거리고 힘이 없어 가까운 의원을 찾았었다. 오전 10시부터 병원 침대에 세 시간이나 넘게 누워 있다가 오후가 돼서야 대학병원을 찾았던 것이다.

"소견서 좀 볼까요?"

정신과 의사는 간호사가 건네 준 차트를 읽어내려 갔다.

"언제부터 병원에 다녔나요?"

"작년 말쯤에 주사를 맞은 적이 있습니다."

"몇 개월 되었네요. 먹는 약은 있나요?"

"없습니다."

의사가 사오정의 팔을 잡아끌었다.

"한 번 봅시다. 크게 심호흡을 해보세요."

젊은 의사가 맥박을 세면서 말했다.

"한 3개월 약을 먹는 게 좋겠습니다. 잠이 오지 않으면 수면제를 한 알 더 먹어보세요. 도움이 될 겁니다. 그리고 며칠 쉬는 게 좋겠네요."

"회사에 출근하지 말고요?"

사오정이 되물었다. 의사가 말없이 그를 바라보았다.

"저기, 가랑비에 옷 젖는다는 말이 있지요. 잽, 잽을 아시죠? 그 잽에 KO패를 당할 수는 없는 것 아닙니까? 저, 맷집이 좋은 놈이거든요. 차라리 어퍼컷이나 훅을 날리면, 모 아니면 도로 받아칠 수 있을 것 같은데……."

사오정의 계속되는 말에 정신과 의사는 아무 말도 하지 않았다.

그냥 사오정이 스스로 멈추기를 기다리는 듯했다. 그는 그동안 누구에게도 하지 못한 말들을 한꺼번에 쏟아냈다.

그의 말을 다 듣고 나서 의사가 짧게 말했다.

"이틀 후에 다시 오세요. 약은 잘 드셔야 합니다."

병원에서 곧바로 집으로 돌아온 사오정은 잠을 청했다. 처방해준 약을 먹고 이불을 덮어쓰고 누웠지만 쉽게 잠이 들지는 못했다.

"채액, 책! 아빠, 책 읽어줘."

"아빠, 아파. 엄마하고 놀자."

아이들이 어쩌다 일찍 퇴근한 사오정에게 달려들자 그의 아내가 막아섰다. 아이들은 입을 삐죽거리며 시무룩해 했다. 〈황금알을 낳는 암탉〉이란 그림책을 질질 끌며 그에게 달려들던 둘째 아들 녀석이 그만 울음을 터뜨렸다.

"아빠 나빠. 책도 읽어주지 않고……."

둘째의 목소리가 확성기를 통해 날아들듯 이불 속 사오정의 고막을 울려댔다. 점점 잦아드는 아이의 울음소리. 그는 눈을 뜬 채 한동안 귀를 기울였다.

"유치원에 보내야 하는데……."

사오정은 눈을 감으며 낮게 중얼거렸다. 이불 속은 캄캄했다. 아이들이 방을 들락거리며 형광등을 켜는 것 같았다. 하지만 한 오라기의 불빛도 이불 속에까지 들어오지는 않았다.

암탉은 다시는 황금알은커녕 달걀도 낳을 수 없게 되었다. 이미 암탉은 오장육부를 드러내놓고 숨을 멈춘 상태였다. 마른 수건도 비틀어 짜면 물이 나온다질 않던가. 계속되는 60와트의 전기충격 강도는 더욱 높아만 갔다. 곧 양은 냄비에 넣은 다음 물을 붓고 아궁이에 불을 땔 일만 남아 있었다. 불 보듯 뻔했다.

사오정이 사직서를 내었을 땐 공교롭게도 마흔다섯이 되던 해였다. 목구멍이 포도청이라는 말을 너무나도 잘 알고 있는 그였다. 그런 그였지만 한 푼의 가치도 없는 오기를 그만 내밀고 말았던 것이다.

시간은 잠시도 멈추지 않고 앞으로 나아가고 있다. 밤송이가 등실둥실 커지고, TV 뉴스에서는 올 들어 첫 수확이 시작되었다고 떠들어대는데, 사오정은 새삼스럽게 모를 내는 심정이었다. 일이 손에 잡히지 않지만, 곧 다가올 겨울을 지낼 양식 마련을 위해 한 푼이라도 모아야 하기에 마음만 조급했다.

사오정은 이제야 어머니의 피사리 삶의 깊은 속뜻을 짐작할 수 있었다. 그동안 어머니가 알려준 피사리가 만병통치약이란 걸 까마득히 잊고 있었다. 약방의 감초도 진득하게 달여 먹어야 보약이 되듯, 그도 그동안 피사리의 교훈을 약 삼아 거르지 않고 부지런히 곱씹어 삼켰어야 했다. 하다못해 피와 얼기설기 뒤섞여 생존할 수 있는 민첩성이라도 길렀어야 했다. 그 아무리 과정의 아름다움을 설파할지언정, 과정보다는 결과가 전부라는 세상의 진리를 진작 깨우쳤어야 했다.

그게 아니라면 피는 피끼리 모는 모끼리, 그렇게 끼리끼리가 아닌 더불어 다함께 살아가는 기술을 배웠어야 했다. 어릴 적 한 마을에 살던 전구범같이 취리하는 자로 거듭나서 한 달란트마저 빼앗는 법을 깨쳤어야 했다. 은유와 상징과 비유의 말씀으로 무장하여 취리하는 승리자가 됐어야 했다. 40여 년이 훌쩍 흐른 지금, 사오정은 유년의 피사리를 새삼스럽게 되짚었다. 죽은 자식 불알 만지는 노릇에 지나지 않더라도…….

사오정은 자신이 이제 피 밭 한가운데 서 있다는 사실을 잘 알았다. 그는 오는 겨울에 피죽이라도 쑤어 먹을 요량인지, 맨발로 피 밭을 누비고 있다. 이대로 '오륙도'까지는 무난히 갈 것으로 보인다.

'피할 수 없다면 피 밭 경기장을 즐겁게 뛰는 선수가 돼라.'

그는 거울 앞에서 되뇐 다음 현관문을 열었다. 엊저녁 바람벽에 써 붙여놓은 〈피〉를 중얼거리며, 아파트 계단을 따라 1층으로 뛰어 내려갔다. 그의 입에서 줄줄 흘러나오는 〈피〉가 난간 벽을 타고 옥상을 향해 올라가고 있었다.

"모가 피를
피가 모를,
누가 누굴
피라 하나.

내게 득 되는
내게 해 되는,
놈이 오로지
피다…….
모다……." ♠

4부

울 엄마

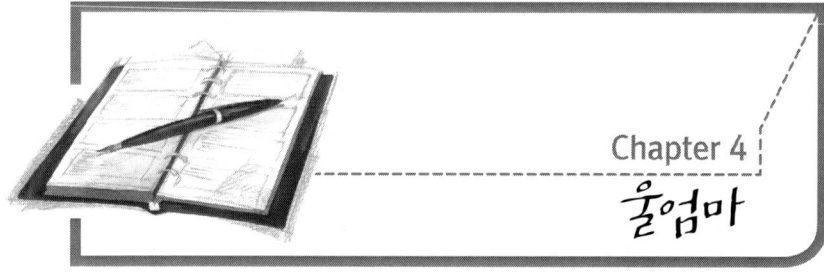

해가 지고 있다. 12월의 태양은 고단한 하루를 뒤로한 채 빠르게 수평선을 넘고 있다. 바다를 물들인 석양빛도 너무나 짧은 한순간에 사라진다. 삼천포 연륙교의 야간조명 불빛을 뒤로하고 저기 등대 너머 떠나가는 작은 배가 보인다.

그저 그런, 흔하디흔한 한 척의 배에서 새어나오는 불빛이 밤물결을 따라 흐른다. 불빛은 마치 힘차게 반복하는 심장 박동을 나타내다 시간이 갈수록 점점 느리게 파동을 치는 심전도 곡선을 연상케 한다. 어머니의 가슴에 연결된 링거액, 불빛이 바닷물에 떨어진다. 심전도 기계의 소리는 들리지 않지만, 바다라는 모니터 화면의 웨이브 파동은 내 앞에서 점점 느려지고 있다.

육지를 힐끔힐끔 뒤돌아보며 앞으로 나아가고 있는 배는 만선의 꿈을 안고 떠나는 것 같지는 않다. 작은 배는 홀로 어둠 속 거센 물결을 헤치며 나아간다. 저 배는, 수평선 너머 어디쯤에 이르러 새로운 날의 해가 떠오르면 꿈을 이룰 수 있을 거라는 희망을 안고서 연륙교의 불빛을 뒤로 하였을까……

'부재중 전화 4통'

발신번호가 모두 같다. 병원이다. 어머니가 찾고 있는 것이다. 이미 가슴이 쿵쿵 뛰기 시작한다. 양 어깨를 뒤로 젖히며 깊은 숨을 들이마신다. 그러고는 황급히 차에 올라 시동을 건다.

어머니의 머리맡에 놓였던 가습기가 보이지 않는다. 링거병과 심전도 기계도 사라지고 없다. 나는 어머니의 양쪽 볼을 손바닥으로 비빈다. 아직 따듯한 체온이 느껴진다. 그러나 어머니는 미동도 하지 않는다. 마치 하루 종일토록 따가운 햇살 아래 백계재 콩밭을 다 매고 난 뒤 초저녁부터 깊은 잠에 빠졌던 어느 여름날처럼 잠을 자고 있는 것 같다.

"한 십 분쯤 전에 돌아가셨어요."

간호사가 어머니의 죽음을 확인해 준다. 그녀가 익숙한 손놀림으로 하얀 시트를 어머니의 머리끝까지 덮는다.

"오후에 몇 분이 어머님을 찾아왔었답니다. 그리고 갑자기 힘이 사라져 갔습니다."

나는 병실 천장을 멍하게 올려다본다. 어머니 앞에선 언제나 그
흔한 눈물조차 나지 않는다. 어머니는 누군가를 애타게 기다렸던
게 분명했다.

"의지가 강하신 할머니였는데……."

간호사가 병실을 나서면서 중얼거린다. 나는 간호사의 뒷모습을
잠시 바라본다. 어머니는 홀로 캄캄한 밤 세찬 물결을 헤치며 다시
건너올 수 없는 요단강을 건너 간 것이다. 그 흔한 연륙교의 인공불
빛도 어머니가 떠나가는 길에는 없었다. 병실에 떠도는 냄새와 희
미한 바람만이 요단강을 건너가는 어머니와 함께했다.

나는 하늘나리병실을 나와 시골집과 작은 형에게 전화를 건다.
그토록 가고 싶어 했던 시골집으로 어머니가 타고 갈 앰뷸런스는
오지 않고, 대신에 할아버지가 요단강을 건너가던 때의 모습이 떠
오른다.

어머니처럼 소에게 밟혀 다리가 부러지지도, 들쥐병에 걸려 병원
신세를 지지도 않았지만, 할아버지는 여든이 되던 그해 봄부터 사
립문 밖 출입이 힘들 정도로 거동이 불편해졌다. 그해 여름에 들어
서서는 어머니와 큰형수가 할아버지의 대소변을 받아내기에 이르렀
다. 종종 동네의 이웃 할머니들이 할아버지를 위해 미음을 끓여오

기도 했다.

가을이 거의 끝나갈 무렵인 10월말. 그날엔 새벽부터 겨울을 재촉하는 비가 내렸다. 삼촌들이 아침 일찍부터 큰방 할아버지 앞에 자리를 틀고 있었다. 동네의 몇몇 사람들은 비를 피해서 아래채 처마 밑에 쭈그리고 앉아 있었다. 나는 할아버지가 누워 있는 큰방과 마당을 오가며 잔심부름을 하였다. 빗줄기가 점점 굵어지고, 집 앞을 흐르는 개울에서는 여름 장마 때처럼 물소리가 세찼다.

"물 가져와, 얼른……."

마루에서 동네 사람들의 이야기에 귀를 기울이고 있을 때 방안에서 물을 찾는 소리가 들렸다. 나는 쏜살같이 사발에 물을 담아 방문을 열었다.

"무울, 무울……."

할아버지의 입이 달싹였다. '요단강 건너가 만나리……'를 마지막으로 지난 이틀간 할아버지는 눈을 감은 채 단 한 마디의 말도 하지 못했다. 꼼짝없이 누워만 있는 상태였다. 고모가 헝겊에 물을 적셔 할아버지의 입술을 연신 닦아냈다.

"요오…… 다아안…… 가앙!"

할아버지는 감았던 눈을 크게 뜨고는 어깨를 들썩이며 숨을 내쉬더니 다시금 눈을 감아버렸다. 나는 할아버지가 힘을 내어 이전처럼 찬송가며 성경을 읽어줄 것 같다는 생각을 하며 방을 나왔다.

"아부지, 아부지……."

그때였다. 뜬금없이 방에서 울음소리가 들려왔다. 할아버지가 숨을 내쉬며 요단강을 다시 찾고 있었는데, 삼촌과 고모들이 왜 울음을 터뜨리는지 알 수 없었다. 어느새 장대비가 멈추었다. 하늘의 먹장구름도 어디론가 빠르게 달아나고 있었다. 집 앞을 흐르는 개울물 소리는 동네에 울려 퍼졌다.

그렇게 온 가족이 할아버지의 임종을 지켰다. 동네의 이웃들도 할아버지의 마지막 가는 길을 배웅했다.

백미러를 통해 어머니가 오르막을 잘 오르고 있는지 뒤돌아본다. 어머니는 군소리 없이 나의 뒤를 따르고 있다. 조금만 가면 차황에 다다르고, 밀짐재 고개도 나타날 것이다. 그 고개를 넘어야 한다. 지난봄에 어머니와 함께 굽이굽이 고갯길을 넘은 게 살아생전 마지막이었다.

"이놈아, 네가 고생이 많다. 네게 짐이 되는구나!"

"엄마, 무슨 소리를 그렇게 해. 살아생전 저 스스로 밥숟가락 못 들 때 물 한 모금 입에 넣어 주는 게 중요하제. 제사, 그거 다 필요 없는 기라. 죽으면 다 그만 인기라. 제사는 지내지 않을게. 내 엄마

병원비 정도는 벌고 있으니 미안해 할 것 없어요."

어머니가 난생처음으로 한 달 넘게 병원 신세를 지고 나서 집으로 돌아갈 때 내게 했던 말이 비상깜박이 똑딱거리는 소리를 비집고 들려오는 듯싶다. 어머니와 함께한 지나간 시간들이 나의 앞을 자꾸만 가로막는다. 가속페달을 밟고 있는 다리에서 힘이 빠지고, 차는 숨을 몰아쉬며 가까스로 오르막을 오르고 있다. 그때만 해도 어머니는 천년만년 내 곁에서 살 줄 알았다.

그날은 비가 내려 곡식이 윤택해진다는 곡우였다. 하필 천둥과 번개를 동반한 비가 쏟아졌다. 한편 한계령에는 15센티미터의 눈이 내렸다 했다. 유난히 날씨가 변덕을 부리던 때였다. 낮 기온이 초여름 날씨처럼 20도를 웃도는가 하면, 체감온도가 영하로 뚝 떨어지는 추위가 찾아왔다. 기상청 관계자는 날씨가 너무 오락가락해 정신이 없다고 했다. 그러나 이상 한파는 아니라고 덧붙였다. 여름이 돼 가는 과정으로 북쪽의 찬 공기와 남쪽의 따뜻한 공기가 세력 다툼을 벌이면서 기단이 불안정해지기 때문이라면서 이때 어느 쪽 힘이 더 세냐에 따라 따뜻하기도 하고 춥기도 하다고 덧붙였다.

사천을 출발해 대진고속도로로 들어설 때만 해도 바람만 좀 사납게 부는 정도였다. 산청휴게소를 지나면서부터 장대비가 쏟아지기 시작했다. 차창 밖, 강한 바람 속에 비가 쏟아졌다. 속도를 시속

80킬로미터로 줄였지만 비바람에 차가 휘청거릴 지경이었다.

나는 허둥지둥 3층 병실로 올라갔다. 302호 문을 열자마자 어머니의 눈과 마주쳤다.

"이놈아, 왜 이제 오냐."

어머니는 나를 보자마자 참아오던 눈물을 왈칵 쏟아내기 시작했다. 어머니의 가슴에도 천둥과 번개를 동반한 비가 억수로 내리기 시작한 것이었다. 나는 어머니의 손을 꼭 잡은 채 손바닥으로 눈물을 훔쳐냈다.

"왜 울어, 울지 마!"

"애는 잘 크고 있나, 아프지 않고?"

"예, 내일모레 데리고 올게요."

조퇴를 하고 출발하면서 상상했던 모습과는 달리 상태가 호전되고 있었다. 팔순이 넘은 노인의 건강은 봄 날씨처럼 변덕이 심하다고는 했지만 아무튼 나는 오랜만에 웃을 수 있었다. 소에게 밟혀 다리 수술을 한 지가 스무날이 넘었을 때였다.

일반 병실은 중환자 병실과 달리 병실 출입이 자유로웠다. 목이며 소매 부분이 늘어지고 해어진 푸른 가운을 입지 않아도 병실 출입이 가능했다. 302호의 열두 개 모든 병상 앞에는 환자의 이름과 나이, 그리고 병명을 기록한 명찰이 붙어 있었다. 모두가 여자였다.

간병인도 여자였다. 남자라고는 나 혼자뿐이었다. 조용하던 병실에 갑자기 흐느끼며 우는 소리가 들렸다.

"스님, 울지 마세요. 울면 병이 심해져요."

간병인이 그녀에게 말했다. 그녀는 휠체어에 앉아 고개를 침대에 푹 숙인 채 울고 있었다. 302호 간병인은 흐느끼며 울고 있는 그녀의 어깨를 다독거렸다. 그녀의 눈물은 두루마리 화장지에 스며들어 휠체어에 매단 검은 비닐봉지에 차곡차곡 쌓여갔다.

"아, 스님이세요!"

간병인에게 물었다. 한 달 가까이 병원 출입을 했지만 스님이나 비구니를 만난 적은 없었다. 나는 퇴근 후 주로 밤에 병원을 찾았기에 볼 수 없었는지도 몰랐다. 어머니를 포함해 다른 노인들은 단발머리가 대부분이었지만 그녀의 머리카락은 논산훈련소에 입소한 훈련병과 같았다. 아마도 군청이나 새마을 부녀회원들로 구성된 자원봉사자들이 다녀간 듯했다.

"거기 모자(母子) 때문에 울어요."

"왜요?"

"자식도 없고, 찾아오는 이도 없어 외로워서 울고 있어요."

뜻밖이었다. 나는 잡고 있던 어머니의 손을 놓고 그 비구니에게로 다가갔다.

"스님, 울지 마세요."

내가 그녀의 어깨를 가볍게 두드렸다. 그녀의 침대 앞에 붙은 이름과 나이를 보고 다시 놀랐다. 예순넷인 그녀가 여든둘의 어머니보다 나이가 더 들어 보였기 때문이었다.

"스님, 건강하세요!"

그녀는 그만 엉엉 소리 내어 울기 시작했다. 간암과의 투쟁보다는 외로움과의 싸움, 마음이 더 아픈 병을 앓고 있는 것 같았다. 그녀의 울음소리는 병실 창문을 넘어 비바람 속으로 아주 느리게 나아갔다. 자식이 뭔가. 외로움이 뭔가. 창밖 다리 건너 수승대 쪽을 바라보며 나는 마음속으로 되뇌었다. 그곳에도 비바람은 지칠 줄 모르고 내리치고 있었다.

아마 그녀도 수행자로서 부처님의 말씀을 수도 없이 되뇌었을 것이었다. 그러나 미래에 대한 세속적인 준비는 하지 않았음이 분명했다. 노후에 대한 지나친 근심과 걱정은 지금 이 순간을 사는 우리들로 하여금 참된 지혜를 놓치게 하며, 온갖 욕심과 집착, 소유와 이기에 물들게 하는 가장 큰 주범이 되고 있다는 부처님의 말씀을 시시때때로 상기하였을까. 먹고 사는 일은, 노후의 문제나 미래의 문제는, 그 사람이 복을 지은 바에 따라, 그 사람의 행위, 즉 업에 따라 저절로 꽃피어 나는 것이라 그녀도 믿었을 것임이 분명했다. 그러나 그녀에게도 생로병사는 다른 보통 사람들과 같이 오고 야 만 것이었다. 어쩌면 무자식이 상팔자란 말에 한 번쯤 그녀도 동 의했을까. 그녀는 언제 어떤 연유로 비구니가 되었을까.

그 빠르게 흘러가던 시간이 참 더디게 움직인다는 생각이 들기 시작했다. 마치 시간이 멈춰선 것 같은 기분이었다. 그러나 세월만 큼은 어디까지나 제 속도로 흐르고 있는 게 분명했다.

어머니가 미음 대신 밥을 먹게 된 지도 일주일이 지났다. 휠체어 를 타고 병원 밖으로 나와 논들 가운데로 난 큰길을 따라 바람도 쐬었다. 웬만큼 식욕이 돌아왔는지 읍내의 한식당에 들러 누룽지 와 명탯국 한 그릇씩을 뚝딱 비우기도 했다. 담당의사는 곧 퇴원을 해도 될 것 같다 했다.

"엄마, 이제 집에 가도 된다고 의사선생이 말했어. 오는 주일에 집 에 가자."

"그래 오늘 당장 집에 가자. 병원에 온 지 얼마 됐나?"

어머니의 다음 말을 나는 누구보다 잘 알고 있었다. 아니나 다를 까, 어머니가 따져 묻듯 말했다.

"돈은 얼마 들었노?"

"엄마도 참, 돈은 무슨 돈……. 나라에서 노인들에게는 공짜로 병원에 다닐 수 있게 하는데……."

"이놈아, 거짓말도 잘한다. 나라에서 언제부터 그라노! 얼른 집에 가자."

나는 아무 말도 하지 않았다. 들판은 온통 봄의 향연으로 분주했다.

"수캐는 잘 크나?"

"예, 어제 저녁에 손자 봤잖아."

어머니는 정신이 들자 당신보다 둘째와 돈 걱정이 먼저였다.

"내 얼른 죽고 싶다. 죽는 것도 맘대로 돼야 말이제……."

"엄마, 무슨 말을 그렇게 해요!"

나는 목소리를 높이고 말았다. 굴러가던 휠체어바퀴가 멈추었다.

"돈 걱정은 하지 말라니까. 날 도와주려면 일한답시고 밭에 가지 말고 집에 가만히 있으면서 쉬는 것이라 했잖아요."

언제나 그랬던 것처럼 내가 화를 내자 어머니는 아무 말을 하지 않았다. 나는 병원으로 휠체어 방향을 틀었다.

평생을 살아온 시골집에 가고 싶은 게 당연하겠지만, 어머니는 무엇보다 막내아들인 내게 짐이 된다는 사실에 낮 시간 내내 간병인과 간호사에게 집에 가겠다고 졸랐던 모양이었다.

어머니가 병원에서 무사히 집으로 돌아올 수 있었던 것은 순전히 현대의학 덕분이라고 할 수만은 없었다. 무엇보다 어머니 당신이 고래심줄같이 질긴 삶의 끈을 놓지 않았기 때문이었다. 한 뭉치의 약봉지와 함께 아파트의 문을 열고 들어섰을 때 어머니는 혼자서 걷겠다며 나의 부축을 뿌리쳤다. 며칠이나 아파트 생활을 별 탈 없이 할 수 있을지 의문이었다.

고혈압인데다 신장에도 문제가 있었지만 집에 와서 며칠 동안은 하루 세 끼 곧잘 식사를 했다. 어머니는 감자부침개며 명탯국을 좋아했다. 아침저녁으로 어머니는 혼자 베란다로 나가 창밖에 펼쳐져 있는 논이며 밭을 멍하니 바라보곤 하였다. 그런 어느 날 아침이었다.

"엄마, 할머니가 없어!"

초등학교에 다니는 딸아이가 눈을 비비며 소리쳤다. 곧이어 아내가 나를 흔들어 깨웠다.

"누가 문 열어뒀어?"

아내가 아파트의 현관문부터 확인했다.

"동생 잘 보고 있어라."

나와 아내는 황급히 아파트 계단을 따라 일층으로 내려갔다. 어머니는 보이지 않았다.

"당신은 103동 쪽으로 가 봐. 나는 학교 가는 큰길을 따라 찾아

볼게."

아내는 이미 얼굴이 파래져 있었다.

나와 아내는 각자 핸드폰을 들고 거리를 뛰기 시작했다. 어머니는 보이지 않았다. 아침 출근하는 차들이 빵빵거렸다. 등교하는 아이들이 하나둘 거리에 나타나기 시작했다.

"여보세요? 난데…… . 범위를 좀 더 넓혀서 찾아보자고."

"학교 지나서 큰길까지 가 봐!"

"아니, 당신은 집에 가서 화장실과 베란다를 다시 찾아봐. 그리고 애들만 집에 둘 수 없잖아."

"알았어요!"

나는 아파트 주차장으로 돌아가서 차를 몰고 큰길을 향해 시내 쪽으로 달려갔다. 멀리 눈에 익은 뒷모습이 보였다. 뒤뚱거리며 어눌하게 종종걸음 치는 뒷모습이 어머니가 확실해 보였다. 어머니 곁에 차를 세우고 냅다 소리를 질렀다.

"엄마, 어디가? 문은 어떻게 열었어?"

"이놈아, 집에 간다."

기가 막혔다. 어머니를 찾았다는 안도감이 들면서 스르르 맥이 풀렸다. 나는 좋은 말로 달래듯 어머니를 구슬렸다.

"집에 가서 뭘 하려고? 모내기 끝난 지가 언젠데. 집에 가도 할 일 없어. 자, 차에 타세요. 내일 집에 갑시다."

"맨날 거짓말만 하고…… 내일 회사는 안 가?"

"그럼 두 밤만 자고 토요일에 갑시다."

그제야 어머니가 차에 올라탔다. 나는 울지도 웃지도 못했다.

현관문을 열고 나타난 어머니를 보고는 아내가 씩 웃으며 말했다.

"엄니, 아침부터 어디 갔다 오셨어?"

어머니는 언젠가 아내와 함께 시장에 갔던 적이 있었는데 그 길을 따라 시골집에 간다며 아침 일찍 식구들 몰래 집을 나선 것이었다. 어머니로서는 필사의 노력 끝에 아파트 감옥으로부터 탈출을 시도한 셈이었다.

"아예 오늘 퇴근하는 길로 시골집에 모셔다 드리지 뭐."

나는 현관을 나서며 아내에게 말했다.

"또 넘어져 다치면 어쩌려고. 지난번처럼 일한다고 집 나가 논두렁에서 굴러 떨어지면……."

아내는 서둘러 출근하느라 몇 계단씩 뛰어 내려가는 내 뒤통수에 대고 걱정을 날렸다.

결국 어머니는 시골집으로 가는 대신 노인요양병원에 입원했다. 다리의 골절이 어느 정도 아물었다 싶어 아파트로 옮겨온 지 열흘이 채 못 되어서였다.

요양병원은 삼층짜리 콘크리트 건물로 시가지가 한눈에 내려다보이는 산자락에 자리해 있었다. 일층에 물리치료실과 주사실이 있었고, 이층에는 기저귀를 차야 하는 주로 거동이 불편한 할머니들을 수용하는 병실이 있었다. 삼층은 누군가의 부축 없이도 혼자 걸을 수 있는 노인들을 수용했는데, 이미 정원을 초과하고 있었다. 노인요양병동에 입원하려면 혈연이나 지연, 혹은 학연과 같은 그 무슨 미미한 연줄 하나라도 내세울 수 있어야 했다. 그래야 대기자 명단에서 오래 기다리지 않고 바로 입원해 병상을 차지할 수 있었다. 어머니는 병원 총무과장으로 재직 중인 내 중학교 후배의 도움으로 그날 입원이 가능했다.

나는 입원절차를 마치고 나서 작은형에게 전화를 걸어 상황을 설명했다. 작은형이 전화기 저편에서 버럭 소리를 질렀다.

"왜, 네 맘대로 요양원엘 가? 큰아들이 있는데!"

"농사철에 하루 세끼 밥은 누가 챙겨주고, 기저귀는 누가 갈아줍니까?"

나도 작은형에게 언성을 높이고 말았다.

"아들 셋이 병든 노인을 가운데 두고 다들 못 모시겠다고 싸우는 게 우습지 않아? 형은 늙지도 않고 언제까지나 청춘으로 살 수 있을 것 같아? 이러쿵저러쿵, 입만 가지고 병든 노친을 모실 수는 없잖아요?"

작은형의 붉으락푸르락하는 얼굴이 머릿속에 그려졌다. 그렇긴 해도 기왕 내친김인지라 몇 마디 더 쏘아붙였다.

"먼저 엄마를 최소한 얼마간이라도 모시고 나서 이야기하는 게 순서가 맞지, 안 그래요? 혼자 사는 노인네 목욕봉사는 해도 제 어미 목욕은 못 시킨다니 말이나 되는 소리요? 남도 아니고 우리 엄만데……. 암튼 전화상으로 이러니저러니 말고 만나서 이야기합시다."

아마 작은형도 어머니가 요양원에 입원을 했다니 속이 많이 상했을 것이었다. 형에게 따발총으로 쏘아 붙이고 나니 그나마 내 가슴 한쪽 벽에 맺힌 피멍이 얼마쯤 가시는 듯했다. 지난 여섯 달 동안 병원과 집을 전전한 어머니의 처지를 되짚어 생각하면 다시 불끈 울화가 치솟을 판이었지만 나는 애써 마음을 가라앉히고 형과의 통화를 마무리했다.

"걱정 말고, 언제 한 번 내려와요."

어머니는 침대에 눕자마자 눈을 감았다. 어쩌면 내가 형과 전화로 싸우는 것을 듣고도 못 들은 척 눈을 감은 것인지도······.

잠시 후 간호사가 어머니의 두 팔을 침대의 양쪽 난간에 각각 묶었다. 어머니는 간호사에게 팔을 맡긴 채 천장에 매달린 형광등 불빛을 바라보다가 다시 눈을 감아버렸다. 바로 그때부터 어머니가 요단강을 건너가고 있었다는 것을 나중에야 알았다.

"할머니, 어쩔 수 없어요."

간호사는 쌍심지를 켜고 쳐다보는 나의 눈과 마주치는 것을 극력 피하는 눈치였다. 사실, 침대에서 떨어져 팔이나 다리가 부러지는 것을 방지하기 위한 조치라는 것을 나도 알고는 있었다. 어머니도 체념한 듯했다.

어쩌면 어머니의 삶은 체념의 연속이 아니었을까. 일찌감치 젊은 시절부터 남편에 대해 체념했었기에 팔순을 넘긴 나이가 되도록 서러운 삶을 견뎌낼 수 있었던 게 아니었을까. 나는 자라는 동안 어머니가 내 앞에서 집 나간 아버지를 기다리는 애타는 심정을 드러내는 모습을 한 번도 본 적이 없었다.

"작은집 아이들과 싸우지 말고 지내라이!"

그런 말도 심심찮게 들었다. 그 영향인지 형들도 작은집 식구들과 이웃사촌 이상으로 가깝게 지냈었다. 모두 다 어머니의 남편에 대한 체념과 희생 덕분이었다.

어머니는 아버지가 작은댁을 두고 따로 살림을 차리면서부터 과부 아닌 과부로 살아왔다. 작은형은 나보다 열 살 위였고, 큰형은 작은형보다 일곱 살이 많았다. 그러니 열여덟 살에 시집을 와서 여든두 살이 되기까지 어머니는 대부분의 세월을 청상과부나 다름없이 살아온 셈이었다. 양손바닥에 박인 굳은살이 어머니의 일생을 잘 말해주었다. 열 손가락 마디마디 성한 데 없이 상처투성이였다. 얼마나 밭고랑 사이에 쪼그리고 앉아 흙일을 했는지 오른쪽 엄지손톱이 시커멓게 죽은 채 서서히 빠지고 있었다.

"니 엄니, 널 낳고 부황이 들었제. 모쪼록 착하게 커설랑 니 엄니 잘 모셔야 한데이. 너그 어머니 혼자 이 집을 지었는 기라. 너 낳고 퉁퉁 부은 다리를 끌면서 세가래 나무를 어미재에서 머리에 이고 날라다 이 집을 지었다 아이가. 못된 너그 아부지 닮지 말고 공부 열심히 해서 면서기라도 돼야 한데이."

옆집 정 집사 아주머니는 내가 고등학교에 다닐 때까지도 백발의 머리카락을 손가락으로 빗어 넘기며 어머니의 삶을 증언해 주었다. 그녀는 어머니보다 한참 나이가 아래였건만 일찌감치 머리카락이 하얗게 쇠어 검은 머리라곤 한 가닥도 없었다. 정 집사 아주머니가 왜 그토록 이른 백발이었는지는 1983년쯤에야 책을 읽다 우연히 알게 되었다. 책에서 말한 '거창사건'은 내가 태어난 곳에서는 '신원사

건'이라고 했다.

 정 집사 아주머니가 열아홉 살에 홀로되어 아들 하나 지키며 목숨을 부지하고 있다는 사실을 알게 된 것은 책을 통해서였다. 6·25전쟁 당시 박산골에서 군인들이 지른 청솔가지 불에 타 죽은 삼부자 가운데 그녀의 남편이 끼었다는 것을 알아낸 것이었다. 내가 청년이 되기까지 어느 누구도 장로 대통령 이승만의 졸개였던 미친 군인의 총칼에 동네가 사그리 유린당했다는 말을 듣지 못했었다. 나는 책을 통해 빨치산 토벌대 11사단장 최덕신이라는 이름도 알게 되었다. 옥계천 건너 박산모티의 남자묘·여자묘·아이묘, 그리고 큰무덤의 비밀과 진실을 찾아 헤매기 시작하면서 '면서기라도 해서……'라는 말과는 달리 나는 오히려 그 면서기와는 거리가 점점 멀어져갔다. 우리 어머니도 그 모진 세월 속에서 살아남았던 것이다.

 세월이 좋아졌고 먹을 것도 넘쳐나게 풍족해졌지만, 나는 정 집사 아주머니와 한 약속을 끝내 지키지 못하고 말았다. "……너 어매 잘 모셔야 한데이!" 그때 그녀의 말에 왜 아무 대꾸도 하지 못했었는지 후회가 밀려왔다. 그러는 사이에 어머니는 다시 홀로 먼 길을 재촉하고 있었다.

 생로병사는 어쩔 수 없이 맞닥뜨리게 되는 우리네 인생길의 과정,

과정. 그래서 세월 앞에 장사 없다고들 하지 않던가. 하지만, 어머니는 노인요양병원에서도 하루걸러 일반병원을 오가며 삶의 희망을 놓지 않았다. 감기 몸살 한 번 없이 살아왔지만 병원에서 주는 대로 약을 받아먹었고 요양원에서도 시시때때 탈출을 감행했다. 어머니는 호시탐탐 요양원 담장을 넘어 집으로 가기 위해 투쟁했다.

"어머니께서는 이곳에 정을 못 붙이고 계세요. 특히 주말에 자제분들이 다녀간 뒤에는 더 힘들어 하시니 자주 와서 뵙는 것도 좋지 않은 것 같아요. 그렇다고 매일 여기에 오실 수도 없을 테니, 저희로서도 안타깝지만……."

요양원의 사무장은 말끝을 흐렸다.

"가까운 병원으로 옮겨 매일 만날 수 있다면 좀 낫지 않으실까요?"

사무장의 조언대로 그날 나는 아침저녁으로 들릴 수 있는 일반병원으로 어머니의 거처를 옮기기로 결심했다. 다행히 사무장이 연결해 준 덕분에 새 병원의 노인 병동에 바로 입원이 가능했다.

노인 병동은 육층에 있었다. 엘리베이터 문을 열고 나서면 간호사실이 나타나고 좌측에 복도를 마주한 네 개의 병실이, 우측에는 샤워실과 세 개의 병실이 있었다. 목화병실은 샤워실의 바로 앞에 치매가 심한 할머니들의 방과 마주하였다. 간호사실 좌측에 위치한 하늘나리병실은 중환자실이었다. 인공호흡기를 단 환자가 대부분인 중환자실은 심전도 기계음 소리가 가득했다.

처음 입원한 환자는 대개 간호사실 좌측 끝의 진달래병실에서 가족과의 이별연습을 했다. 진달래병실의 환자는 하루 한 번쯤은 복도를 걷기도 했다. 시간이 가면서 목화병실을 거쳐 가거나, 혹은 곧바로 간호사실과 붙은 하늘나리병실로 옮겨갔다. 나중에야 알았지만 간호사실 옆 병실로 옮겨가면 이생에서의 시간이 얼마 남지 않았다는 경고였다. 간호사실 옆의 병실을 거친 다음에는 대개 퇴원이었다. 일단 퇴원의 절차를 밟은 환자는 가족이 있는 집으로 돌아갔다. 퇴원한 할머니가 재입원하는 경우는 한 번도 보지 못했다. 아마도 집으로 돌아간 지 얼마 지나지 않아 이생을 마감한 것 같았다.

어머니도 처음 병원에 입원했을 때에는 간호사실과 제일 먼 방에서 시작했다. 간병인과 간호사의 24시간 간병에 힘입어 조만간 걸어서 병원 문을 나설 수 있으리라는 희망을 가졌었다. 그러나 시간이 갈수록 열에 아홉이 간호사실과 점점 가까운 병실로 이동하듯이 어머니도 급기야 목화병실을 오가기 시작했다. 목화병실의 방바닥은 똥칠로 엉망이었다.

"이놈아 집에 가자. 여기가 어디고?"

"엄마, 여기가 집인데, 가길 어딜 간다고요?"

"모는 다 심었나?"

"예. 나락이 잘 여물었어요. 오늘 엄마가 비료를 많이 주었는데. 일 그만 하고 쉬세요."

"경운기 가지고 와라. 경운기 타고 논에 갈란다."

"오늘은 하루 종일 들에서 일해 놓고. 지금은 밤이라 못 가요. 내일 아침에 갑시다."

"너거 형은 들에서 안 왔제. 어디 갔노? 얼굴 본 지가 오래다."

"오고 있어요. 곧 올 겁니다."

"날이 밝은데 일하러 가자."

"지금은 밤이라 못 가요."

"이렇게 밝은데 밤이라고 거짓말을 하나? 썩을 년들이 들에 못 가게 날 잡아놓고 있다. 네가 잘 말해봐라."

"내가 잘 말해볼게. 그런데 지금은 밤이라서 못 가요. 간호사 처녀들한테 욕하면 어떻게 해. 다음부터는 욕하지 말아요."

한 할아버지가 허를 차며 어머니를 바라보다 끼어들었다.

"하루 종일 막내아들만 찾아."

할아버지가 낮에 있었던 일을 내게 말했다. 그 할아버지는 노인 병동에 입원한 유일한 남자였는데, 아마도 휠체어를 타고 화장실에 가는 중인 모양이었다.

"엄마, 내일 아침 일찍 와서 집에 가자. 잠 잘 자고 내일 만납시다."

"내 데리고 가라!"

간병인이 방 청소를 한다고 하였지만 지독한 냄새가 났다. 나는 어머니를 병실에 눕히고 문을 잠근 뒤 병원을 나섰다.

처음 한 달가량은 어머니를 병실에 두고 집으로 향할 때면 눈물이 자꾸만 흘러 앞이 보이지 않았었다. 그러나 긴 병에 효자 없다고, 시간이 가면서 나도 간병인이나 간호사처럼 점차 어머니를 어머니가 아닌 환자로 보기에 이르렀다.

"노인 병동에는 왜 할머니가 대부분인가요?"

한 날 나는 간호사에게 물었다. 간호사는 한참을 골똘히 생각하더니 무표정하게 대꾸했다.

"뭐, 여자의 일생이 그렇지요."

나는 간호사의 말을 단박에 알아들을 수 없었다. 간호사는 나를 멀거니 쳐다보더니만 다시 말문을 열었다.

"할머니가 계시는 할아버지는 병원에서 혼자 죽지 않아요."

우문현답, 그제야 나는 여자의 일생이 그렇다는 간호사의 말뜻을 알아챌 수 있었다. 간호사는 다시 말을 이어갔다.

"자식 낳아 키우고, 늙어 일 못할 때쯤에는 집 나가 공부하는 손자며 손녀 밥 해주고, 남편 병수발까지 마저 하고 나면 저렇게 병들어 병원에 오지요. 여기 할머니 상당수가 그 잘나가는 자식들이 있지만 한 달에 한 번 찾아오는 가족이 드물어요. 아니, 여기 입원한 할머니는 그래도 형편이 좋은 편이랍니다. 자식들이 병원비라도 보내주니 병원에서 하루 세끼 밥은 챙겨 주고 있지요. 병원에 못 오는 할머니도 많아요. 차라리 가족이 없으면 나라에서 돌볼 텐데, 무자식이 상팔자인 할머니가 많아요."

　나는 뒤통수를 한 대 얻어맞은 듯했다. 간호사는 나를 두고 하는 말이 분명했다. 있으나 마나한 자식이 되레 병든 노인에게 짐이 된다는 간호사의 말이 나의 가슴을 사정없이 후려쳤다.

　다시 겨울이 가고 봄이 왔다. 바람은 한결 따뜻했다. 나뭇가지마다 새순이 삐죽삐죽 얼굴을 내밀기 시작했다. 을씨년스러운 날씨가 언제까지나 계속될 것만 같았는데 길가에는 제비꽃이 피고 있었다. 산비탈 양지바른 곳에서는 벌써 진달래가 꽃망울을 맺고 있었다. 목련꽃이 더없이 새하얗게 핀 봄이었다. 계절은 한 치의 오차도 없이 제 속력으로 돌아가는 듯했다.

　간병인 아주머니는 어머니와 한 침대에서 자는 날이 많았다. 어머니를 자신의 어린 아이마냥 양팔로 감싸 안은 채 잠을 잤던 것이다. 마흔여덟 살인 그녀는 정성을 다해 어머니를 모셨다. 그녀의 남편은 5년 전 오랜 병마와 싸우다 먼저 하늘나라로 갔다고 했다. 군에 간 외아들이 다음 주에 첫 휴가를 나온다고 했다. 그녀는 시영아파트에 혼자 살고 있었다.

"어머니가 많이 외로워하시는 것 같아요. 아들 자랑도 많이 하시고……. 사돈집에 오래 있으면서 목욕탕에도 가고 맛있는 음식도 먹었다고 어찌나 자랑을 하시든지……."

"고맙습니다. 한 침대에서 주무시려면 많이 불편하실 텐데……."

내 목소리에 잠이 든 줄 알았던 어머니가 눈을 떴다.

"이놈아 왔나!"

어머니가 나의 손을 잡아챘다. 어머니의 손은 어제와는 달리 따뜻했다.

"예, 좀 어때요?"

"집에 갈란다. 지금 집에 가자!"

"엄마, 이제 좀 살 만한가 보네. 지금은 밤이라서 못 가. 내일 아침에 시골집에 갑시다."

"엄마가 보고 싶다."

"예, 엄마……?"

나는 어머니가 말하는 엄마가 도대체 누구를 가리키는지 알 수가 없었다.

　"어젯밤에 엄마가 흰 옷을 입고 왔었다. 엄마 집에 가자."

　"할머니, 조금 전에 잠꼬대하시더니 친정어머니를 만나셨나 봐요?"

　간병인 아주머니가 어머니의 말을 가로챘을 때 눈물이 왈칵 쏟아졌다.

　'외할머니!'

　어머니가 말하는 엄마는 외할머니였다. 나는 어머니가 찾고 있는 외할머니를 본 기억이 없었다. 어머니도 이제 와서 처음으로 당신의 어머니를 찾고 있는 것이었다.

　"예, 갑시다. 외가에 들렀다가 집에 갑시다."

　눈물이 멈추질 않았다. 어머니는 그 먼 옛날 당신의 어머니를 가슴 깊이 간직하고 있었음이 분명했다.

　언젠가 어머니는 외가가 부산으로 이사를 간 지가 수 십 년은 되었다고 했었다. 어머니가 태어난 산청 오부마을에는 아무도 살고 있지 않다고 들은 적이 있었다. 그곳에 가고 싶다는 건 외할머니의 무덤에 가보고 싶다는 뜻이었다.

　죽은 자와 작별을 고했던 것인가. 살아있는 자식, 가족과의 만남과 대화는 너무나 어려웠기 때문이었을까. 정말 가슴이 아팠다.

봄은 짧고 무더운 여름은 너무나 길었다. 어머니에게는 더 없이 기나긴 여름이었다. 그 여름도 어느덧 기운을 잃었다. 찬바람이 불 때쯤 어머니의 정신은 더욱 오락가락했다.

"내 버리지 마라! 어디 갔다가 이제 오나⋯⋯."

아침에 병원에 들르면 왜 왔느냐며 빨리 출근하라고 재촉하다가도, 저녁에 병실 문을 들어서면 다짜고짜 늦었다며 나를 나무랐다. 어떤 날은 혼자 걷겠다며 침대에서 내려오기 위해 있는 힘을 다해 용을 썼지만 한 발자국도 스스로 걷지를 못하고 주저앉곤 했다.

세월은 멈추지 않아 저물어 가는 한 해의 끝자락에 들어서면서 어머니는 아침에는 밥, 저녁에는 죽을 억지로 먹었다. 점심은 그 잘난 아들이 오면 먹겠다며 간병인이 내미는 밥숟가락을 보고 고개를 돌린다는 것이었다.

나는 거의 매일 병원에 들렀다. 간호사는 수시로 어머니의 상태며 호흡 보조기의 연결부를 확인했다. 심전도의 기계음이 방을 울리는 듯 크게 들렸다. 링거액만이 힘차고 반복적으로 뚝뚝 떨어지고 있었다. 어머니의 손가락이 느리게 꿈틀거렸다. 나는 어머니의 손을 잡은 채 모니터 화면의 파랑 빨강 녹색 그래프가 파동 치며 움직이는 대로 시선을 옮겨갔다.

"소생술을 하시겠어요?"

"예?"

나는 간호사가 하는 말을 이해하지 못했다.

"심폐소생술(CPR) 아시죠? 심장이 멎으면 다시 뛰도록 하는 응급 처치 말예요."

나는 그제야 간호사의 말을 눈치 챌 수 있었다.

"그건……?"

"가족이 도착할 때까지 심장이 멈추지 않게 하려고 독한 약도 투여하고 전기로 충격도 주죠. 사실 환자에게는 고통이지요."

"20분 안에 달려올 수 있는데……요."

"대신 할머니가 고통스러우실 거예요."

"아니, 이번 주 들어선 상태가 좋아지는 걸로 알고 있는데요?"

나의 불퉁한 말에 간호사가 잠시 머뭇거렸다.

"아무도 알 수 없어요. 여기 계시는 할머니들 대부분 한 달을 더 사실지, 아니면 오늘 밤에 가실지는 누구도 모른답니다."

듣기 좋은 소리는 아니지만 틀린 말도 아니었다. 내가 입을 꾹 다물고 있자 간호사가 조심스럽게 자신의 생각을 덧붙였다.

"산 사람 좋자고 억지로 10분, 20분, 생명을 연장하는 것이 무슨 의미가 있을까요?"

나는 아무런 사전 지식이 없었다. 간호사에게 조언을 구하는 수밖에 없었다.

"그럼 어떻게 하는 게 좋을까요?"

"억지로 심폐소생술을 시행하지는 않겠다는 동의서를 작성하시겠어요?"

"알겠습니다. 어머니를 더 이상 힘들게 하지는 않아야지요. 가족을 대표해서 소생술을 시행하지 않는 것으로 결정하겠습니다."

나는 눈을 감았다. 간호사도 더 이상 내게 말을 시키지 않았다. 나는 간호사가 내미는 DNR(Do not Resuscitation, 연명 치료 중지) 동의서에 사인을 했다. 그때만 해도 어머니가 그렇게 빨리 생명의 끈을 놓으리라 생각하지 못한 채였다. 그날 아침에도 두 아들을 찾았었기 때문이었다.

꿈을 꾸는 듯하다. 운전석 옆 창문을 열자 차가운 바람이 확 밀려든다. 어느새 새날의 동이 트고 있다. 어머니를 실은 앰뷸런스가 앞장선 내 차를 따라 숨 가쁘게 소룡재 고갯길을 오른다. 고개를 넘자 저 멀리 산 아래 어머니가 살아온 집이 희미하게 보인다.

집에 도착하니 이미 동네 어른들이 어머니를 기다리고 있다. 어머니는 큰아들과 작은아들의 손길에 말없이 따른다. 그제야 어머니는 아주 깊은 잠에 빠진다.

'어머니도 할아버지와 같이 요단강 건너 저편 언덕에 편안한 자리를 잡을 수 있을까? 그토록 보고 싶어 했던 둘째아들을 보고서야 삶의 끈을 놓은 것일까? 아니면 목사의 마지막 기도를 기다렸던 것인지 어찌 알겠는가.'

어머니와의 마지막 이별, 나는 방문을 닫으며 혼자 중얼거린다.

'어머니는 이생의 고단한 삶을 쉽게 잊을 수 있을까?'

어머니의 유해는 이틀을 집에서 쉰 다음 사흘째 아침 일찍 마당을 나선다. 동네 사람들이 새벽부터 어머니가 마당으로 나오기를 기다리고 있다. 저편에서는 송아지가 계속 울고 있고, 어머니의 다리를 밟아 부러뜨렸던 어미 소는 외양간 밖으로 목을 내민 채 마당 가운데 놓인 꽃상여를 바라보고 있다.

나는 아버지의 상여에 대해서 기억나는 게 없다. 아버지보다 이십여 년 먼저 요단강을 건너간 할아버지의 모습은 언제 어디서나 생생하게 되살릴 수 있다. 할아버지의 장례는 오일장으로 치렀다. 온 동네가 축제였다. 지금이야 오십여 가구가 동네를 이루고 있지만 그 당시에는 인근에서 가장 큰 동네로 백여 호에 육백여 명이 넘게 살았다. 할아버지는 아침 일찍 꽃상여를 타고 동네를 돌아 길을 재촉했지만 장지에 도착했을 땐 점심때를 훌쩍 넘어서 있었다. 상여

꾼의 노래는 앞산에서 메아리로 다시 돌아와 동네를 울렸고, 꽃상
여를 따르는 사람들의 끝이 보이지 않을 정도였다. 할아버지는 목
사의 기도와 생전에 즐겨 부르던 "만세반석 열리니…… 내가 들어
가니…… 요단강 건너가 만나리……" 노래 속에 요단강을 건너갔다.

어머니도 꽃상여에 올라타자마자 목사의 기도가 어머니를 요단강
으로 이끈다. 송아지의 울음소리가 마당 건너 개울을 지나 산기슭
으로 향한다. 머리에 흰 수건을 두른 상여꾼들이 골목 입구에 줄지
어 서 있다. 식도암으로 시한부 선고를 받은 어머니의 네 살 아래
시동생이 지팡이에 의지한 채 백발의 머리카락을 날리며 울고 있
다. 그의 축 처진 어깨가 들썩인다. 그는 형수의 마지막 길을 배웅
하기 위해 병원에서 몰래 택시를 타고 나타났다. 목사의 짧은 기도
가 끝나자 어머니는 벙어리 산역꾼의 힘을 빌어 지아비 곁으로 갔
다. 상여꾼들이 마을로 돌아 간 지 오래다.

참 멀고 먼 길. 어머니는 마당을 나선 지 두 시간이 채 못 되어
아버지와 나란히 누웠다. 증조할아버지가 할아버지와 할머니 그리
고 아버지와 어머니를 내려다보고 있다. 어머니 옆에는 살아생전
그토록 애물단지였던, 손바닥만 한 논들이 다닥다닥 붙어 있다. 멀
리 아래로는 평생을 살아온 동네가 내려다보인다. 예전 같으면 하
루 세 번 굴뚝에서 밥 짓는 연기가 온 동네를 감싸고돌며 피어올라

사람 사는 온기를 느끼게 할 것이지만, 지금은 태양만이 서쪽 저 멀리 지리산 능선을 넘고 있을 뿐이다.

다섯 살인 둘째가 집에 가자고 조른다.

"아빠, 할머니가 없다. 집에 얼른 가보자!"

무심한 바람이 겨울을 재촉한다. ♠

5부

삽 질

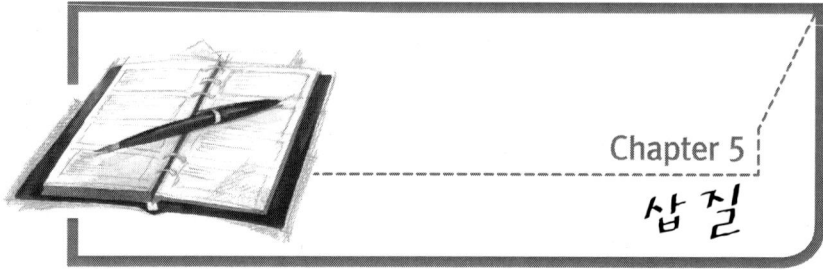

Chapter 5

삽질

병발이

용이와 철이 그리고 나, 우리 셋은 이른 봄부터 동네 어귀 길 한 가운데서 온종일 소꿉놀이로 바빴다. 흙집을 짓고, 논두렁 밭두렁 무덤가에 핀 제비꽃이며 할미꽃을 따 놓고 노래를 불렀다.

"두껍아, 두껍아, 새집 줄게 헌 집 다오. 헌 집 줄게 새집 다오!"

그러다 배가 고프면 진달래를 찾아 앞산을 헤맸다. 늦은 봄, 철쭉을 따 먹은 철이가 토하기도 했다. 길가의 가시덤불 찔레순은 우리들의 허기를 달래주곤 했다.

동갑내기인 우리는 더더욱 신나는 놀이를 찾아서 봄부터 다음해 봄까지 산과 냇가, 들판 이곳저곳을 헤집고 돌아다녔다. 그러던 어느 한 봄날, 한마음 한뜻으로 오솔길 한가운데 한 자 깊이의 구덩이를 팠다. 그리고 구덩이에 나뭇가지를 촘촘히 걸친 다음 흙으로 살짝 덮었다.

"누가 빠질까?"

셋은 길 위의 소나무 숲 속에 숨어서 내기를 했다. 때마침 감나무 샛길을 뒤뚱뒤뚱 바지게 하나가 걸어오고 있었다. 옆집 사는 병발이었다. 병발이 아재는 오른쪽 발목 복숭아뼈가 툭 불거져 나와 한쪽 다리를 절었다.

　나는 숨조차 쉴 수 없었지만, 용이와 철이는 벌써 손바닥으로 입을 막고 키득거렸다. 닭똥이며 개똥 따위를 잘 삭여 만든 거름을 반쯤 퍼 담은 바지게를 지고 병발이가 구덩이 쪽으로 절름거리며 다가오고 있었다.

　"병발이, 병발이!"

　언젠가부터 우리는 한쪽 다리를 절룩이는 그를 따라다니며 놀려대곤 했다. 아이 어른 할 것 없이 모두 그를 병발이라 불렀다.

　그 병발이 아재가 구덩이에 발이 빠지면서 나뒹굴었다. 우리가 숨어서 지켜보고 있던 곳에서는 오리나무에 가려 그 모습이 잘 보이지 않았다. 우리는 소나무 숲 속을 뛰쳐나와 산마루를 향해 뛰어올랐다. 그곳에서는 낭패를 당한 병발이의 모습이 더 잘 보였다. 그는 어깨에 진 지게의 멜빵이 빠지지 않아 온몸을 비틀며 낑낑대고 있었다. 우리는 좀처럼 일어나지 못하는 그를 보며 입이 찢어져라 웃어댔다.

그날 그는 겨우내 마당 한쪽에 모아둔 똥거름을 밭에 쏟아 내러 가는 길에 그만 구덩이에 빠져 똥범벅이 되고 말았던 것이다. 똥장군을 지고 가다 넘어져 장군이 깨지고 걸쭉한 똥물을 뒤집어쓰지 않은 게 천만다행이었다.

그로부터 며칠 뒤, 우리는 병발이 아재와 정면으로 마주쳤다. 갑작스럽게 마주친 터라 도망갈 엄두조차 내지 못했다. 지게 작대기라도 휘두른다면 꼼짝없이 한 대 맞을 수밖에 없었다.

"이놈들!"

그는 씩, 웃고는 그만이었다. 늦봄 길섶의 새하얀 찔레꽃을 닮은 미소였다.

그 후, 나는 병발이 아재를 더는 보지 못했다. 그가 동네를 떠나 어디론가 가 버렸다는 것을 늦가을이 돼서야 우연히 알았다. 그해 겨울에는 어디선가 죽었다는 소문이 동네를 떠돌았다.

지금 내 나이 마흔이 훌쩍 넘어 그의 이름을 다시 불러본다.

"병발이, 병발이…… 내가 병발이다."

하얀 찔레꽃, 그 향기에 가슴이 짠해온다.

똥구덩이

그때 그 똥구덩이도 마치 자본주의 금융시장의 꽃이라는 파생상품같이, 더는 아이들의 소꿉놀이라 부를 수 없었다.

봄날은 점점 길어져 갔고, 우리들의 하루도 더디게 지나갔다. 놀다 지친 우리 셋은 우리들의 시간을 위해 머리를 싸매곤 했다. 해가 지리산 능선 서쪽 소룡산을 넘어가고 있었다.

"병발이다! 저기 논을 봐."

용이가 팔을 뻗어 가리키며 말했다. 엊그제 구덩이에 빠져 똥범벅이 된 병발이가 논에 거름을 내고 있는 모습이 나의 눈에도 들어왔다.

우리는 재빠르게 가위 바위 보로 할 일을 나눴다. 구덩이 팔 곳을 찾는 건 생각보다 어려웠다. 발을 내디딜 만한 곳은 돌이 많았고, 또 구덩이를 들키지 않게 숨기기가 어려워 보였다. 기본적 분석과 기술적 분석을 통해 구덩이 팔 곳을 찾아야 했다.

"여기다!"

내가 구덩이 팔 곳을 정하자, 철이가 잽싸게 두 손으로 구덩이를 팠다. 물, 나무꼬챙이, 소똥……. 철이가 구덩이를 파는 동안 용이는 구덩이에 뭘 넣을까 궁리했다.

우리는 대박을 꿈꾸며 구덩이 안에다 물부터 채우기로 했다. 길 건너 도랑에서 고무신으로 물을 떠 오는 게 힘들어 꾀를 내 셋이 번갈아 가며 구덩이 속에 오줌을 눴다. 그런 다음 똥을 싸 채우고 나서 나뭇가지 뚜껑으로 덮고 그 위에 흙으로 눈가림을 했다. 그리고 우리는 아무 일 없었다는 듯 태연하게 각자 집으로 돌아갔다.

길모퉁이마다 여기저기 똥구덩이를 판 그날 늦은 저녁, 동네가 시끌벅적했다.

"이놈들! 사람 잡으려고 그런 짓을 해!"

벌써, 용이와 철이가 할아버지에게 잡혀 있었다. 동네 사람들이 하나둘 모여들었다.

"할배, 나는 구덩이를 파지 않았어요!"

용이가 울먹이며 할아버지의 팔을 뿌리치고 도망가려 했다. 철이도 오리발을 내밀었다. 나는 어머니의 치맛자락을 잡고 얼굴을 숨겼다.

그 후 한동안 나는 목발을 짚은 할아버지를 대신해서 밭두렁에 구덩이를 파야 했다. 내가 구덩이에 똥장군 속의 수황을 퍼 넣고 나면 할아버지가 호박씨를 넣었다. 다시는 친구들과 어울려 잘 익어 가는 호박에 말뚝 박는 악동질을 할 여유가 없었다.

지금 나는 코를 벌름거리며 킁킁대고 있다. 그 똥구덩이에 내가 빠졌다. 구덩이란 것을 알고서도 무식하게 뚜벅뚜벅 발을 내딛었다. 그가 양심 없이 파고 있는 구덩이에 나도 그만 빠지고 만 것이다.

똥, 수황냄새…….

서울 삼촌

서울 산다는 철이 삼촌은 철이 할아버지 생전에, 해마다 두세 번은 발목에 묶는 대님 같은 것을 목에 동여매고 동네에 나타났었다. 그런데 철이 삼촌을 볼 때마다 나는 내가 불행하다는 생각이 들었다.

철이는 그 삼촌이 서울에서 내려올 때마다 꿩알만 한 알사탕을 물고 온종일 골목길을 나다녔다. 또, 삼촌이 사다 준 새 옷에 묻은 지푸라기며 흙먼지를 유독 내 앞에서 털어내느라 정신이 없었다.

나는 새 옷보다는 알사탕을 하나 얻어먹고 싶었다. 철이의 볼에 든 알사탕은 어떻게 생겼을까, 구경이라도 맘껏 하고 싶었다.

"야, 한 번 빨아보자! 니 내일 숙제…….""

나는 두 눈을 부릅뜨고 흥정을 했다.

"니가 내 숙제를 한다고?"

그렇게 나는 그날 처음으로 철이 입속의 알사탕을 딱 한 번 빨았다.

그 후 얼마 지나지 않아서부터, 나는 그 침 묻은 사탕을 빨아 먹은 게 부끄러웠다. 그리고 읍내에도 한 번 가보지 못한 게 창피했다. 나는 서울 가는 꿈을 꾸기 시작했다.

"엄마, 우리는 왜 이 산골짜기에서 살아?"

나는 우리도 도시로 이사를 가자고 엄마를 졸랐다. 몇 년 후, 중학생이 된 형은 책가방을 논두렁에 내던지고 서울로 줄행랑을 쳤다.

철이의 알사탕을 맛본 후부터 배낭을 메고 배를 타고 바다를 건너기까지, 나는 나 자신이 늘 불행하다는 생각에서 벗어나지 못했다.

어른이 되어 남의 나라를 떠돌 때 어린 시절 철이의 서울 삼촌을 떠올리곤 했다. 봉사단원으로 파푸아뉴기니의 포트모르즈비 2마일 언덕 심부 마을로 갈 때는 나도 그들과 같은 반바지 차림에 맨발이었다. 시계며 안경까지 벗어버리고서 그 언덕 마을을 찾았었다. 견물생심, 상대적 빈곤감……. 나는 무엇보다 그들로부터 '마스터'나 '빅맨'으로 불리는 게 싫었다. 그 옛날의 나와 같이, 그들이 나 때문에 불행하다는 생각을 하지 않았으면 했다. 해맑은 미소를 늘 간직

하길 바랐다.

어젯밤, 교육방송에서 어느 소설가의 '오지여행'을 봤다.

'또 알사탕 하나를 선물이랍시고 던져 주는 게……'

되레 서울 사람들이 지금 부시에서 맨발로 살아가는 사람들로부터 위로를 받는 게 아닐까. 사실 나만 해도 지난 2년간 그들과의 만남을 통해 너무나도 많은 위로를 받았다.

그런데 1994년 파푸아뉴기니 원시림 속에 사는, 그동안 외부세계에 노출되지 않은 새로운 부족을 발견한 파푸아뉴기니 사람들은 고민했다.

"그 사람들을 어떻게 도울(?) 것인가?"

"원목과 광물을 판 돈으로 뉴질랜드 수입쌀을 1년에 한두 번쯤 헬기로 떨어뜨려 줄 것인가?"

"지금의 그들 삶의 방식대로 살 수 있도록, 그냥 못 본 체 내버려 둘 것인가?"

꼴 따 먹기

초등학교에 들어가면서부터, 나는 학교에서 돌아오자마자 소를 먹이기 위해 꼴을 베어야 했다. 이른 봄에는 풀이 제대로 자라지 않아 꼴 한 망태를 채우자면 논들 여기저기를 헤매고 다녀야 했다.

묵정밭 양지바른 곳에서 자라는 망초는 쇠꼴로는 최고의 풀이었다. 나는 망초꽃이 하나둘 하얗게 피기 시작할 무렵까지 꼴망태를 메고 소 먹일 풀을 찾아다녔다. 형들은 논에 넣을 거름용으로 돋아나는 어린 나뭇잎이며 풀을 베었다.

어느 날, 산 그림자가 밭 뒤쪽에 내려올 무렵 용이와 철이를 동네 앞 묏등에서 만났다. 그들의 망태에는 망초가 절반가량 들어 있었다. 그즈음 우리는 꼴 한 망태를 가득 채우는 게 힘에 부쳤다.

"야, 우리 꼴 따 먹기 하자! 이기는 사람이 몰아가지고 가는 기다."

철이가 꼴 따 먹기를 하자고 불쑥 말했다. 나와 용이는 철이의 꼴망태 속을 힐끔 넘겨다보았다. 용이가 앞으로 나섰다.

"야, 어제 빌려 준 꼴은 다음에 주기로 하고……"

우리 셋은 망태 속의 꼴을 묏등 옆에 각자 쏟아 부었다. 철이가 낫으로 금을 그었다. 그리고 저만치 앞에다 각자 똑같은 양의 꼴을 덜어 한데 모았다. 꼴 무더기는 제법 컸다.

우리는 순서를 정해 꼴 무더기를 향해 낫을 던졌다. 몇 번씩 돌아가며 낫을 던졌지만, 낫은 꼴 무더기 근처에서 맴돌았다. 생각 끝에, 각자 나머지 꼴을 모두 합해 무더기를 더 크게 키우기로 했다. 나의 꼴은 그들의 절반가량도 못 됐다. 무더기는 제법 커졌고, 한 망태에 담으면 넘칠 것 같았다. 우리는 꼴 무더기에 낫을 던져 제일 먼저 꽂는 사람이 꼴을 전부 차지하기로 하고 가위 바위 보로 순서를 정했다.

날은 빠르게 저물어 갔다. 우리는 계속해서 돌아가며 낫을 던졌다. 낫이 공중에서 세 번 돈 다음 꼴 무더기에 꽂혀야 되는 걸로 규칙을 정했는데, 번번이 꼴 무더기 가장자리에서 픽 쓰러졌다.

"야, 꽂혔다!"

용이가 소리치며 꼴망태를 들고 꼴 무더기로 달려갔다.

"공중에서 두 번밖에 안 돌았어. 니, 돌았나!"

내가 용이의 팔을 낚아채며 말했다.

그렇게 시작된 싸움은 철이가 꼴 무더기에 코피를 흘리면서 끝이 났다. 용이와 내가 꼴 무더기에서 엎치락뒤치락 나뒹굴 때, 보다 못한 철이가 나서서 싸움을 말리다 그만 내 팔꿈치에 정통으로 얼굴을 맞았던 것이다.

그날 우리 셋은 모두 빈 망태를 어깨에 메고, 별이 하나둘 반짝일

때 집으로 돌아왔다. 꼴이 모두 짓뭉개지고 코피로 칠갑을 한 터라 집에 가져갈 수 없었던 것이다. 우리는 코피범벅인 꼴은 소도 먹지 않을 것이라고 생각했다.

"기초자산도 없는 파생금융상품에 정력을 소비하는 사회. 땀과 노동을 벌하는, 약육강식의 정글사회."

그 시절 꼴 따 먹기가 불쑥 생각난다.

찔레순

나는 초등학교 5학년이 되면서부터, 학교가 파하고 집으로 오는 길에 더는 찔레순을 꺾지 않았다. 새마을운동이 시작되면서 보릿고개도 사라져갔지만, 무엇보다 6학년 형과 한판 붙은 후부터 찔레 가시덤불을 헤집지 않았다.

그때는 동네별로 모여 다 같이 등교를 했다. 스무 명쯤의 학생이 줄지어 깃발을 앞세우고 신작로 갓길을 따라 십 리 길 초등학교로 향했다. 깃발은 5학년이 돌아가면서 들었고, 그 뒤로 1학년, 2학년…… 6학년 순으로 줄지어 걸었다.

"전우의 시체를 넘고 넘어 앞으로, 앞으로……."

"새벽종이 울렸네. 새마을이 밝았네. 우리 모두 일어나……."

함께 모여 학교 가는 길에는 학년끼리 돌아가며 군가며 새마을 노래를 불렀다. 가끔 6학년이 유행가를 부르라고 시키기도 했다. 그러나 하교는 등교 때와 달리 수업이 끝나고, 읽기나 산수풀이 쪽지 시험을 통과하는 대로 집을 향해 학교를 나설 수 있었다.

집으로 돌아올 때쯤이면 늘 배가 고팠다. 우리들의 등교는 군인들이 승전가를 부르며 진군하듯 했고, 하교는 패잔병이 주린 배를 움켜쥐고 산속으로 후퇴하듯 했던 것이다.

새봄에는 으레 아침에 학교에 가다 말고 동네를 벗어나는 첫 번째 길가 묏등에서 6학년이 시키는 대로 싸움질을 했다. 말하자면 학년별 짱을 뽑는 행사(?)로 나도 4학년까지 싸움을 했다. 싸움은 대부분 처음에는 리그전으로 시작해서 토너먼트로 최종 승자를 가리는 방식이었다. 규칙은 엿장수 6학년 마음대로였다.

그러다 보니 아침 등굣길에 동네 대항 패싸움을 한 날은 어김없이 지각을 했고, 아침 첫 수업시간 내내 깃발을 들고 운동장을 뛰는 벌을 받곤 했다.

"소야!"

"지각!"

동네별로 남학생들은 앞에서 동네 이름을 외치고, 여학생들이 뒤따르며 지각이라 소리 지르며 뛰었다.

"소룡 지각, 비곡 지각, 비곡 지각, 소룡 지각, 비곡 지각……!"

어떤 날은 학교 운동장이 마치 갓 입대한 신병들이 뛰는 최전방 야전사단 훈련소의 연병장 같았다.

"소야 이놈들, 왜 비곡을 팔아먹나!"

한 날, 담임선생이 조회대 단상에서 내려와 호통을 쳤다. 우리 동네 여학생들이 옆 동네 남학생이 내지른 '비곡'에 맞추어 '지각'이라 외쳤던 것이다. 그리고 그 다음날, 연거푸 내리 3일째 지각을 해 운동장을 뛸 때 우리는 처음부터 소야가 아닌 비곡으로 동네이름을 바꿔 외쳐댔다.

아침부터 단체로 벌을 받은 날은 어김없이 집으로 돌아오는 십리 길에 6학년이 시키는 대로 찔레순을 꺾어야 했다. 그래도 그때는 1학년에게까지 싸움을 시키거나 찔레순을 꺾게 하지는 않았다. 나는 5학년이 되면서부터 6학년이 뭘 시키면 배를 내밀기 시작했다. 심지어 철이와 용이도 내가 보는 데서는 찔레순을 꺾지 못했다.

"야, 너 임마. 어제 왜 숨겨두지 않았어!"

동네를 막 출발하는데, 줄 중간쯤에서 가는 나를 6학년이 불러 세웠다. 이미 철이는 한 대 얻어맞은 듯 배를 움켜잡고 있었다.

"형, 나는 두 아름이나 박산모티 큰 돌 밑에 숨겼다 아이가. 소룡재 아이들이 도둑질해 묵은 것 같아. 통통하게 살 오른 것, 껍질을 벗긴 찔레가 내가 숨겨둔 것이라요."

용이가 억울해하며 울먹였다. 나는 아무 말도 하지 않았다.

"저 밑, 묏등에서 다 멈춘다!"

6학년의 명령에 따라, 모두가 학교를 가다 말고 묏등에 책보를 풀고 둥그렇게 진을 쳤다. 여학생들은 몰래 입을 삐쭉거렸다. 그러나 남학생 가운데 누구 하나 나서지 않았다.

"1대 1이다. 아무나 나와!"

대뜸, 내가 나서며 말했다. 그리고 두 주먹을 불끈 쥐었다. 이십여 명의 얼굴을 하나하나 바라보았다. 누구도 예상치 못한 나의 삽질에 모두 두 눈만 멀뚱거렸다. 침묵의 시간이 흘렀다.

"정말로 기가?"

"기다!"

6학년의 말이 채 끝나기도 전에 나는 짧은 대꾸와 함께 주먹을 날렸다. 과감한, 기습적인 선제공격이었다.

"코피 난다!"

광장을 에워싼 경찰처럼 서 있던 용이가 소리쳤다. 6학년 대장은 순간 움찔했고, 그 사이 나는 또다시 6학년의 정강이를 연타로 내리 찼다. 싸움은 생각과 달리 싱겁게 끝났고, 우리는 줄지어 학교까지 쭉 뛰었다. 가까스로 지각을 면했고, 그날 우리는 운동장을 뛰지 않아도 되었다.

그 후부터 내게 덤불을 헤집어 찔레순을 꺾어오라는 작자가 나오지 않았다. 더는 누구도 맘 내키는 대로 이래라저래라 함부로 대하지 못했다.

5월, 연분홍 찔레꽃 덤불 속에서 한 마리 새가 날아 나오려다 부엉이 바위에서 뛰었다. 유대교 황제의 시녀 빌라도 검찰은 끝내 그를 십자가에 못 박았다.

물대포가 촛불을 덮치고 있다. 촛불은 채 타지도 못하고 똥됐다. 광장에 무지개가 섰다. 조중동이 나발을 불고 있다.

배가 고프다. 그 찔레순도 보이지 않는다.

오래 달리기

나는 초등학교 4학년 때 오래 달리기와 멀리 던지기, 그리고 씨름 선수로 뽑혔다. 그러나 5학년이 되어 학교대표로 읍내에서 열린 시

합에 나갔다가 바람 빠진 50원짜리 고무공이 된 뒤로는 친구들과
의 공놀이조차도 싫어하게 되었다. 어른이 돼서까지 TV의 운동경
기마저도 잘 보지 않게 됐다.

그 당시 나는 집에서 학교까지 십 리 길을 날마다 뛰었다. 또, 학
교에서 집으로 돌아오는 길에는 감이나 밤을 따 먹기 위해 1학년
때부터 돌팔매질을 했으니 그까짓 달리기며 던지기 선수가 되는 것
은 당연했다.

그해 가을 읍내에서 열릴 시합을 앞두고 나는 여름방학 내내 달
리기 연습을 했다. 학교에서 소룡재 먼당까지 갔다 왔다, 신작로를
뛰었다. 신작로는 운동장과 달리 맨발로 뛸 수 없어 조선 나이키 검
정 고무신을 신고 뛰었다.

고무신은 오르막길에서는 잘 벗겨지지 않았지만, 발바닥에 땀이
찬 채로 내리막길을 달릴 때면 여지없이 벗겨지는 게 문제였다. 발
에 땀이 나면 뛰다 말고 고무신 속에 부드러운 흙을 넣고 다시 뛰
었다. 내리막길이 하염없이 길 때는 아예 신을 벗어 양손에 한 짝
씩 들고 뛰기도 했다. 돌을 밟기라도 하면 눈에서 눈물이 핑핑 돌
았다. 하지만, 선생이 출발시각과 도착시각을 재고 있어 걸어갈 수
도 없었다.

운동장에서의 달리기 연습은 응당 맨발이었다. 엄지발가락이 굵

은 모래에 까여 욱신거렸지만, 신작로를 뛰는 것과는 하늘과 땅 차이였다.

공을 멀리 던지는 연습은 쉬웠다. 감이며 밤송이를 맞추기 위해서는 멀리 던지는 것 못지않게 정확하게 던져야 했던 데 비해, 단순히 멀리만 던지는 것은 식은 죽 먹기였다. 씨름도 아침 학교 가는 길에 6학년이 시키는 싸움에 비하면 장난이었다.

그렇게 여름 내내 연습을 하고 읍내 시합에 나갔다. 가장 먼저 오래 달리기에 출전했다. 200미터 운동장 트랙을 네 바퀴나 돌아야 했다. 난생처음 보는 큰 운동장이었다. 출발은 좋았다. 그러나 내가 겨우 한 바퀴를 돌았을 때 다른 주자들은 벌써 세 바퀴째를 돌고 있었다. 맨발에다 키가 작은 나는 거북이처럼 종종거렸지만, 운동화를 신은 그들은 노루같이 훌쩍훌쩍 달리고 있었다. 꼴찌였다.

숨이 찼고, 이어서 다리에 힘이 쫙 빠지는 것을 느낄 수 있었다. 땅바닥에 주저앉고 말았다. 멀리 던지기와 씨름은 아예 출전을 포기했다. 선생에게 말은 하지 않았지만, 애당초 시합에 나갈 수조차 없었던 것으로 생각했다. 나는 핫바지 방귀 새듯 운동장을 빠져나왔다.

그 후, 학교에서 점심시간에 주로 하는 50원짜리 고무공 축구도 외면했다. 중학교에 가서도 체육시간이 싫었다. 그날 그렇게 오래 달리기를 중도에 포기한 것은 내겐 엄청난 '사건'이었다. 어른이 돼서도, 아니다 싶으면 여지없이 내팽개치기를 반복했다.

'그 옛날엔 고무신을 양손에 한 짝씩 들고 신작로를 뛰기도 했는데, 이제 와서 못할 게 뭐가 있겠는가!'

쉰을 바라보는 오늘, 나는 새로운 희망을 꿈꾼다.

이제는 그때처럼 중간에 포기할 수 없다. 꼴찌로 결승점을 밟아야 한대도 힘대로 뛰어야 한다. 똥장군을 지고 뛰다 구덩이에 빠져 똥을 함빡 뒤집어쓰는 한이 있어도 별수 없다.

토끼사냥

그때도 농촌 일손 돕기를 어른들은 '노력봉사'라 했지만, 나는 '노력동원'이라 불렀다. 초등학교 3학년이 되던 해부터 수업시간에 단체로 노력동원에 나갔다. 봄에는 보리 베기와 모내기, 가을에는 벼베기, 겨울에는 신작로길 눈 치우기 등 계절마다 각종 노력동원에 나가야만 했다.

그 시절 봄은 잔인했다. 교감이라도 새로 부임하는 해에는 으레 환경미화에 매달렸다. 교실 앞 화단을 옮기는 일은 땅이 채 녹지도 않은 이른 3월부터 시작됐다. 아침조회를 마치고 교실로 가기 전에 책보로 흙이며 돌을 날라야 했다.

또 수업이 끝나면 학교 옆 개울에서 할당된 돌을 날라야 집으로 갈 수 있었다. 교감이 직접 팔뚝에 도장을 찍어주며 돌을 나른 횟수를 확인하기도 했다.

"우리 학교는 우리가 손수 가꾸어 빛나는 전통을……."

요즘 그가 라디오 연설을 하듯, 그때도 교장은 월요일 아침 조회 시간마다 무지막지하게 길고 긴 설교를 했다. 그리고 우리 중 몇몇은 꿰다 둔 보릿자루처럼 운동장에 쓰러지기도 했다. 교장의 설교가 있는 날은 꼭 흙을 파거나 돌을 날라야 했다.

그날도 월요일 아침조회가 끝나자마자 화단을 옮기는 일에 동원됐다. 농번기, 보리를 베고 모를 내는 때라 집에서도 신물 나게 하는 판에 학교에 와서까지 흙을 파고 나르는 일은 정말 힘에 부쳤다.

"오늘은 한 시간만 공부하고 보리 베기 노력봉사 간대!"

60여 명의 우리는 보리 베러 간다는 철이의 말에 얼씨구 춤을 추었다. 교감의 환경미화에 동원되는 것보다는 농사일 돕기가 차라리 나았다.

"오늘 새참은 뭘 줄까?"

"보리건빵이겠지 뭐."

"야, 오늘 노루도 잡을 수 있을지 몰라!"

그날, 우리는 화단에 흙을 다 채운 뒤 곧바로 부엉이산 아래 논들로 씩씩하게 줄지어 갔다.

부엉이산은 그리 높지 않았지만, 산 아래 밭두렁 논두렁은 돌너들로 높았다. 낫질을 제법 하는 나와 용이는 보리가 땡글땡글 잘 익은 고랑 하나씩 잡아 양철 낫으로 보리를 벴고, 낫질이 서툰 철이는 우리가 베어둔 보리를 한 곳으로 모았다.

보리에 난 가시랭이가 얼굴을 찔러댔다. 가시랭이가 눈에 들어가면 모판의 물로 씻어내곤 했다. 숙이가 낫에 손가락을 베어 피를 흘렸다. 나는 쑥을 비벼 상처 난 숙이의 손에 붙이고 피가 멎을 때까지 손으로 꼭 누르고 있었다. 그때였다.

"토끼다!"

철이가 소리쳤다. 내가 뒤돌아보았을 때는 이미 여럿이 토끼의 길목을 막고 있었다. 토끼는 이리저리 뛰어다니며 산으로 올라갈 구멍을 찾았지만, 두렁이 워낙 높고 또 많은 수가 낫을 들고 쫓아다녀 나갈 수가 없었다. 얼마쯤 쫓아다녔을까, 토끼는 그만 두렁 아래 스무 길 높이의 돌너들로 뛰어내리고 말았다.

"야, 잡았다!"

철이의 손에 잡힌 새끼토끼가 꼬물거렸다.

나는 토끼를 잡았다며 소리치는 철이를 향해 흙을 집어던졌다.

"야, 양심에 털도 없는 새끼야!"

그러나 그해 겨울 흰 눈이 무릎까지 빠지는 날, 토끼몰이 사냥은 계속됐다. 1학년을 뺀 전교생이 학교 앞 부엉이산으로 올랐다. 우리는 산을 둥그렇게 포위하여 가운데로 좁혀들었다. 토끼가 나타날 때쯤에는 산 위에서 아래로 눈을 구르며 내려왔다. 앞다리가 짧은 토끼는 산 아래보다는 위로 잘 뛰었다. 한날 토끼가 막다른 길에 다다르자 그만 바위 아래로 뛰어내리는 일이 생겼던 것이다.

나는 어른이 되어서 '양심 없는 놈'이 욕 가운데 가장 큰 욕이란 걸 알았다. 명박산성의 본디오 빌라도 총독! 역사에 길이길이 보전될 토끼몰이를 즐기는, 양심 없는 사냥꾼이 마냥 무서워 가슴이 답답하고 터질 것 같다.

물총새

해마다 여름이면 어김없이 물총새가 나타났고, 덩달아 용이도 동네 앞 물이 졸졸 흐르는 개울을 따라 난 길을 숨 가쁘게 오르내리곤 했다.

물총새는 비둘기보다는 작았지만 아름다웠다. 등은 어두운 녹색을 띤 하늘색, 목은 흰색, 배는 밤색, 부리는 흑색, 다리는 진홍색으로 나도 잡고 싶은 새였다. 동네 앞개울 위에서 아래로, 다시 아래에서 위로 날아다니며 피라미 같은 물고기와 개구리를 잡아먹고 살았다. 물총새는 여름 내내 먹잇감을 찾기 위해 개울가를 샅샅이 뒤지고 다녔다.

"물총, 물총……."

물총새 하나가 노래를 부르면 어느새 못 보던 또 다른 물총새가 나타나 화답을 했다. 물총새 둘은 만나자마자 개울가 돌담 속으로 사라졌다가 한참이 지나서야 모습을 드러내곤 했다.

하루는 용이가 물총새 한 마리를 산 채로 잡아 내 앞에서 자랑했다.

"어떻게 잡았어?!"

물총새는 깃털 하나 빠진 흔적이 없었다. 하얀 찔레꽃잎이 바람에 흔들리듯 파르르 깃털을 떨었다. 어떻게 잡았을까, 궁금하기도 하고 신기하기도 했다.

"야, 살려주라."

용이는 내 말을 들은 척도 하지 않았다.

며칠 뒤였다. 점심을 먹고 마루에 걸터앉아 쉬는데 용이가 개울을 따라 뛰어다니고 있었다. 무슨 일인지 소리쳐 물어보았지만, 대답 없이 숨을 헐떡거리더니 곧 내 눈앞에서 멀어져갔다. 조금 있으니 오른손에 작은 돌멩이를 쥐고 땀을 뻘뻘 흘리며 뛰어다니는 용이의 모습이 다시 보였다. 나는 궁금증이 더해갔다.

저녁 무렵에 용이가 내 앞에 나타났다. 물총새 한 마리를 두 손으로 잡고 있었다.

"또 잡았네. 어떻게 산 채로 잡았어?"

용이는 말없이 씩 웃기만 했다. 그날 용이는 물총새를 산 채로 잡는 방법을 끝끝내 알려주지 않았다.

그 후 나는 오랫동안 동네를 떠나 살아야 했다. 사오정, 마흔다섯에 퇴직을 하고 동네를 찾은 어느 날 용이와 오랜만에 만났다. 이런저런 이야기 끝에 그때의 일이 생각나서 물었다.

"야, 그때 물총새 어떻게 잡았어?"

그때와 같이, 용이는 피식 웃었다. 나도 억지웃음을 지었다.

"왜, 뭐가 궁금한데?"

한참이 지나서야, 용이가 되레 내게 물었다. 나는 어린애처럼 그 기술을 알려 달라고 졸랐다.

"인마, 날아다니는 새를 죽이지 않고 산 채로 잡는 기술을 그때 내게 말했어야지."

그제야 한동안 웃기만 하던 용이가 슬쩍 귀띔을 해주었다.

듣고 보니 비밀병기랄지 기술이랄지, 단순하고도 무식하기 그지없었다. 용이는 그저 물총새가 지쳐 스스로 물에 곤두박질칠 때까지 날아다니게 했던 것이다. 물총새가 지친 날개를 접고 잠시 돌에 앉아 쉬려 하면 용이는 돌을 던져 쫓았고, 바보 같은 물총새는 달아나면서도 끝까지 개울 근처를 벗어나지 않았던 것이다.

나는 무릎을 탁 쳤다.

'아하, 바보 물총새!'

개천용

어느 해인가, 개울가 돌담을 헐고 아름드리나무를 베어냈다. 포클레인으로 개울 바닥의 큰 돌들을 파냈다. 그리고 그 자리에 시멘트를 발랐다. 그렇게 집 앞 개울이 콘크리트로 뒤덮이고부터 용이는 더 이상 물총새를 잡을 수 없었다.

사람들은 우리 동네 개울에서도 용이 나기를 기다렸다. 하지만 수십 년이 지난 지금 개울에선 피라미 새끼 한 마리도 찾아볼 수 없다. 물총새며 제비 구경은 호랑이 담배 피던 시절의 옛이야기가 되고 말았다.

나는 아직도 그때 그 동네의 대동회 모습을 기억하고 있다. 돌계단 마을길을 넓히고 지렁이 모양의 개울을 바지게 작대기같이 곧게 만드는 토목공사를 할 것인가 말 것인가, 동네 어른들이 아랫집 사랑방에서 며칠 동안 날밤을 지새우며 의논에 의논을 거듭했다.

"저 큰 버드나무를 베어 버리면 동네가 휑할 텐데……."

"할배, 나무를 베지 않고는 경운기 다닐 길을 내지 못해요. 것도 그렇지만 만약 태풍에 큰비가 쏟아져서 나무가 뽑히기라도 하면 개울 물길을 막을 텐데, 그럼 그때 가서 어쩌려고요?"

먼 집안 아재가 할아버지의 말을 정면으로 받았다.

"이제부터 농사는 젊은 사람들이 지어야 할 것이니 니들이 알아서 해라. 그 병자년 수해도 견딘 개울이지만 맨날 등짐 지고 농사 지을 순 없으이. 그런데, 저 개울 위쪽에 박혀 있는 돌들은 빼서 팔 아묵을 생각일랑 마라. 너그들 힘이 아무리 좋아도 물길을 새로 잡기는 어려울 끼고, 또 작은 개울이라도 오랜 세월에 걸쳐 생긴 물길 아이가. 개울바닥에 공굴을 세게 쳐도 큰비가 내리면 말짱 헛것이 될 끼구만. 그라이께 천천히 잘들 생각해서 하거라."

할아버지는 개울 주위 큰 나무들을 가급적 살려두자 했다. 아름드리 왕버들나무, 가죽나무, 감나무, 밤나무 가운데서도 당산 소나무만큼은 베어 팔지 못하게 했다. 개울에 박힌 돌은 억만금을 준다는 작자가 나서도 팔지 말아야 한다 했다.

할아버지는 그 날 이후 열린 동회며 개울 토목공사 울력에 더는 참견하지 않았다. 시쳇말로 '소통', 즉 말귀가 통하지 않는다고 생각했는지 할아버지는 방문을 열고 개울을 바라볼 때마다 혼자 중얼거렸다. 지금 생각해보면, 할아버지는 남이 아닌 당신 자신과의 소통을 위해 그 긴 시간을 헤아린 게 아니었을까.

할아버지는 바위뿐 아니라, 감나무나 진달래 같은 앞산의 꽃이며 이름 모를 들풀에게 말을 거는 시간이 점점 늘어났다. 아마도 마구간의 소와 돼지와는 소통이 돼도 사람들과는 그렇지 못했을지 모른다. 어쩌면 강물같이 흐르는 변화의 물결에 실려 함께 바다로 흘러가려 했던 것인지도 모르겠다. 아니면 젊은 사람들의 생각과 뜻을 존중해서 배려했던 것이었을까. 지금도 궁금하다.

할아버지는 '깍끄쟁이'라 불렸다. 인근 동네에서도 깍끄쟁이 영감을 모르면 간첩이었다. 인근에서 상투를 제일 먼저 잘랐다 해서 붙은 별호였다. 물론 아무도 할아버지 앞에서 별호를 함부로 부르지 않았다. 오로지 뒷집 할아버지만이 장기를 두다 한 수 물러 달라 떼를 쓸 때 할아버지의 별호를 부르곤 했다. 그런 할아버지가 개울 토목공사를 하게 놔둔 게 이해되지 않는다.

그해 겨울부터 나무를 잘라내고 돌을 파낸 자리에 면사무소에서 지원한 시멘트로 공굴을 치기 시작했다. 개울 바닥에서 퍼 낸 자갈과 모래에 시멘트를 섞어 다시 개울 바닥에 둑을 만들고 바위를 빼낸 움푹한 곳에 공굴을 쳤다. 와중에 토건업자는 개울 바닥에서 끌어낸 모래며 자갈, 큰 돌을 차에 실어 어디론가 날랐다.

겨울 초입에 시작된 대공사에 온 동네 사람들이 동원됐다. 이듬해 모내기를 앞둔 어느 일요일, 어린 나도 개울의 모래를 퍼 시멘트와 섞는 통에 날랐다. 남녀노소 할 것 없이 곡괭이질과 삽질에 매달렸지만 공사는 여름 장마철 직전까지도 마무리되지 않았다.

"이놈들아, 저렇게 퍼질러놓으면 어쩌노? 올여름 장맛비는 너그들

사정 봐서 살살 내린다고 하더나?"

할아버지는 더 이상 강 건너 불구경 하듯 바라만 볼 수 없었는지, 동네 이장을 집에 불러 따졌다.

"할아버지, 걱정 마이소. 퍼떡 모내기 해놓고 마저 공사 끝낼게요."

"뭐든 차근차근 일을 해야지. 무조건 들고파놓고 보자는 심산은 어디서 배웠나. 개울 바닥 모래랑 바위 팔아 떼부자될 생각은 말아라. 덱 이놈들! 시근머리가 없어도 유분수지."

할아버지는 혀를 끌끌 차며 눈살을 찌푸렸다. 이장은 말이 없었다. 할아버지는 화를 참지 못하는 듯했다.

"너는 핵교도 다닌 놈이 이치를 그만치 몰라서야 되겠나. 공사업자 말 믿고, 막걸리 받아묵을 생각은 일절 마라. 모래야 파내도 또 쌓이는 건데, 그래 생각 말고. 업자 말대로 공사는 밑에서 해 올라가는 게 아이고, 개울 위에 물이 들어오는 곳부터 하나하나 물줄기 살펴가며 해야제. 앞으로가 큰일이다. 해마다 삽질이 반복될 테니 두고 봐라. 미친년 치맛자락 휘날리듯 대충대충 삽질하면 못쓴다."

할아버지는 천리안이었다. 세상사 이치를 훤히 내다보고 있었다. 그러나 장마철 웃담에서 굴러 내려오는 바위와 뒤섞여 쿵쿵쿵 소리 내며 내달리는 세찬 물살을 멈추게 할 수 없듯, 개울을 넓혀 물길을 바로잡는다는 대토목공사는 멈추지 않았다.

사람은 강물처럼 세월을 따라 낮은 곳으로 흘러 흘러가야만 하는 존재일진대, 어쩌면 할아버지는 물길을 거슬러 올라가는 연어였는지도 모른다. 죽기 전에 번식에 성공한다는 보장도 없이 죽을힘을 다해 물살을 거슬러 오르는 연어의 운명이 그랬듯, 할아버지는 그해 그만 세상을 뜨고 말았다.

집 앞, 수백 년은 족히 넘었을 아름드리 버드나무와 소나무를 베어낸 자리가 휑했다. 200미터는 족히 될 개울 콘크리트벽은 해마다 여름 장마철이 되면 군데군데 찔끔찔끔 무너져 내렸다. 급기야 처음 공사한 콘크리트 장벽을 전부 철거하고 철근을 얼기설기 엮어 넣은 두꺼운 콘크리트 장벽을 다시 설치할 수밖에 없었다. 그러나 공사는 그것으로 끝난 게 아니었다.

문제는 개천 바닥에 다시 작은 돌과 모래가 차곡차곡 쌓이고, 또 거센 장마 물살로 콘크리트 개울 바닥에 움푹 파여 나간 곳이 생긴 데 있었다. 물길이 제자리를 잡기까지 십년 가까이 보완 공사가 계속됐다. 어느 한 해는 울력으로 모자라 집집마다 나락과 돈을 공출했다.

모두가 다 나쁜 것은 아니었다. 경운기가 다니고 차가 집 앞까지 올라갈 수 있었다. 그 덕에 형편이 나아져 배고픈 시절이 갔다. 채 여물지도 않은 풋보리를 베어내지 않아도 됐다. 경운기가 마당까지 들락거릴 수 있어 그 지긋지긋한 지게를 벗어버릴 수도 있었다. 아무리 비가 많이 내려도 언제든지 개천에 놓인 다리를 건너 동네 앞 논들에 나갈 수 있었다.

자가용 타고 들판에 논물을 보러 갈 수 있게 된 지금 동네에는 할머니할아버지들만 산다. 나날이 빈집이 늘고 있다. 물총새를 산 채로 용하게 잡을 줄 알던 용이도 동네를 떠나고 없다.

초여름이다. 곧 장마가 시작되고 태풍이 불어올 것이다. 토건업자야 개울둑이 무너지면 공사 하나 더 생겨나기에 내심 좋을지 모르겠지만, 걱정이다.

강물은 제 길을 찾아갈 게 분명하다. 때로는 숨죽이며 흐르다가, 또 때로는 도도하게 쉼 없이 흘러서 바다로 가겠지. 처음 개울에서 흘러든 맑은 물이 산성에서 흘러든 오물과 섞여 잠시 시궁창 냄새를 풍기더라도 이내 제 본래의 물빛으로 돌아올 것이다.

박명공단 개천 시궁창에서 난 쥐떼 용이 승천을 하려는 듯 강에서 용을 쓰며 헛삽질하는 모습이 안쓰럽다. 아니다, 용용 죽겠지. 재주는 용이 부리고, 돈은 되놈이 챙기니 말이다.

오돌개

"야, 너 입에서 피 난다!"

용이와 철이가 내 입술을 보고 놀라 외쳤다. 나는 아무렇지도 않은 듯 개울 건너 뽕나무밭을 가리키며 말했다.

"아, 배부르다. 저 건너 뽕나무밭 보이제?"

내 말에 용이와 철이가 솔깃해 했다.

"우리도 가서 따 먹자."

나는 속으로 웃었다. 용이가 개울을 건너가자고 말하리라 미리 짐작했기 때문이었다. 나는 계속해서 용이와 철이를 슬슬 건드렸다.

"글쎄, 오돌개가 금방 그렇게 익을까? 내일 모레쯤 영순이와 가면 모를까."

"아, 배고파."

용이와 철이가 배를 움켜잡으며 신작로를 가로지르며 흐르는 개울 건너 밭두렁의 뽕나무를 닭 쫓던 개 지붕 쳐다보듯 바라보았다.

사실 지금에 와서야 밝히지만, 그때 나도 오디를 배불리 따 먹지 못했었다. 그 전해에 오디를 따 먹었던 뽕나무마다 훑고 다녔지만 뽕잎 아래 주렁주렁 매달린 오디는 내가 배가 고프든 말든 아직 시퍼랬다. 나는 저만치 용이와 철이가 오고 있는 것을 보고는 채 익지 않은 불그죽죽한 오디를 하나 따 손바닥에 놓고 으깨어 그 즙을 입술에 발랐던 것이었다.

그즈음엔 너나 내나 할 것 없이 배가 고팠다. 겨울양식인 고구마가 동이 나면 우리는 칡뿌리를 캐러 산으로 몰려다녔다. 완연한 봄이 와 칡에 물이 오르고 순이 날 때쯤에는 소나무가지를 꺾어 겉껍질을 벗겨내고 마치 하모니카를 양손으로 입에 물듯이 소나무가지를 양손으로 잡고 돌려가며 속껍질을 빨았다. 소나무 하모니카 부는 게 지루할 때쯤엔 진달래를 한 아름씩 안고 꽃잎을 하나씩 따 먹었다. 둔덕마다 찔레꽃이 핏기 없이 새하얗게 필 때까지, 좀 부풀리면 죽순같이 살이 통통한 찔레순을 찾아 꺾어 먹었다. 물론 넝쿨딸기며 나무딸기뿐만 아니라 감꽃 아카시아꽃도 입에 들어가면 침을 만들어 냈고, 허기진 배를 달랠 수 있었다. 보리가 익어갈 무렵의 오디는 내게 있어 생명의 은인이라 해도 지나치지 않았다. 노란 양은 도시락에 산딸기며 오디를 가득 담아 신나게 집으로 돌아오기도 했다.

지난봄 매실나무를 심으면서 뽕나무를 몇 그루 심었는데 올해 벌써 오디가 몇 알 열렸다. 아이들에게 오디를 따 줄 수 있다는 생각에 웃음이 절로 나왔다.

"잘 익었다. 먹어봐라."

"아빠, 이게 머야?"

"오디란다. 이게 누에가 먹는 뽕잎이고, 이건 내가 좋아하는 오돌개지."

"싫어. 난 안 먹을래."

"야, 새끼야. 묵어봐. 맛있어. 몸에도 좋고."

"으흠, 새애끼? 아빠, 나한테 혼나볼래?"

"그럼 네가 내 아들 아이가? 한 알만 먹어봐, 임마."

아들은 팔짱을 끼고 빙그레 웃으며 나를 쪼아본다. 달리 원하는 게 있는 것이다.

"알았다. 가자, 슈퍼."

물론 큰딸도 처음에는 오디가 무슨 벌레쯤으로 보이는 것 같은 표정이었다.

지금 생각해 보니 내가 세상을 몰라도 너무 모르는 것 같아 씁쓸하다. 생리가 끝났는데도 거시기가 땡기니 말이다.

취리

그날 나는 저녁 무렵 꼴망태를 메고 집을 나섰다. 해는 기웃기웃 넘어가는데, 논이며 밭두렁을 둘러보아도 소 먹일 만한 꼴이 보이지 않았다. 그러나 그냥 빈 망태를 메고 집으로 돌아올 수 없어 동네 앞산 자락을 돌고 있는데 철이가 산 중턱에서 나를 불렀다.

"야, 지금 어딜 가?"

"꼴 베러 간다."

"빨리 이리 와, 여기 꼴 많다."

나는 철이가 부르는 앞산으로 기어 올라갔다. 길이 없었다. 가파른 산을 가까스로 올랐다. 철이는 꼴을 망태에 담고 있었다. 발로 밟아가며 꾹꾹 눌러 담아도 모두 가져갈 수 없어 보였다. 나는 키가 큰 풀을 낫으로 바쁘게 벴다. 산 그림자가 어둑어둑 몰려 내려왔다.

"너 어떻게 저 아래 길로 가져갈래?"

내가 풀을 베다 말고 물었다. 철이도 내심 산에서 내려갈 일이 걱정되었는지, 산 아래 길 쪽을 내려다봤다.

"그래, 이제 집에 가자. 망태가 터질 것 같아."

조금이라도 더 많이 꼴을 망태에 넣으려 애쓰는 철이에게 말했다. 낡은 망태는 배가 불룩불룩 나왔다. 얼마쯤 꼴을 덜어내지 않고는 도저히 산에서 내려갈 수 없어 보였다.

"이거 그냥 가져가."

철이가 한 아름이 넘는 꼴을 내 망태에 담았다. 어느새 내 망태에도 꼴이 거진 찼다. 철이는 망태를 메고 산길을 내려가려 낑낑댔다.

그렇게 빌린 꼴이었다. 이자를 붙이겠다는 철이의 말에 나는 아무 말도 하지 않았다. 그런데 내가 꿀 먹은 벙어리처럼 대꾸를 않자, 철이가 더욱 세게 몰아붙여 왔다.

"이자는 하루 늦으면 세 배다."

"야 인마, 너무한 거 아냐? 내가 바보야? 오늘 하나도 못 줘!"

나는 세 곱으로 물어야 한다는 말에 그만 두 눈을 부릅뜨고 대들었다. 그렇게 말싸움이 시작됐다.

한참 동안 서로 욕을 주고받았다. 여차하면 치고받는 싸움으로 커질 판이었다. 나는 속으로 철이가 먼저 주먹을 내지르길 바랐다.

그때 동네 가운데의 예배당에서 종소리가 "땡, 땡, 땡……" 하고 울렸다. 수요예배를 알리는 초종 소리가 앞산 절벽에 부딪혔다가 메아리로 되돌아와 들판에 퍼졌다.

"마태복음에 나오는 취리하는 자, 니가 그 취리하는 자라니 날아가는 새가 웃겠다."

"취리하는 자? 그 말이 무슨 말이고?"

"하늘 높이 날고 있는 새가 철이 니를 보고 웃겠다는 말이다. 이, 문디 바보야."

종소리를 듣고 순간적으로 마태복음을 들먹이긴 했지만, 나도 내 말이 우스웠다. 철이도 빙긋이 웃었다. 우리는 서로의 웃는 얼굴에 대고 더는 욕할 수 없었다. 그날 싸움은 그렇게 싱겁게 끝났다.

이제, 그 싸움이 새삼스럽다. 한 달란트를 받은 나는, 그 한 달란트를 땅에 묻지 않고 이문을 붙여 늘리지 못한 것을 후회한다. 빨대를 꽂아 인정사정 볼 것 없이 더더욱 세게, 그리고 한없이 빨아들여 승리의 취리하는 자가 돼야 했다.

가분지

저녁 9시 텔레비전 뉴스. '세종시'며 '4대강'보다 날씨 소식이 먼저 나온다.

"기록적인 폭설로 서울 곳곳 마비, 엉금엉금 기어가는 차……."

광주에도 사흘 내리 눈이 내리고 있다.

"아빠, 차는 쌩쌩 달리고 거북이가 엉금엉금 기어가지."

여우, 호랑이, 사자, 늑대……. 정글 속 동물그림을 가위로 열심히 오리고 있던 둘째가 불쑥 말했다. 나는 둘째의 말을 단박에 알아듣지 못했다.

"아빠 어렸을 때엔 소가 정말 엉금엉금 걸었단다. 그런데 요즘은 차가 엉금엉금 기어가는 것 같구나."

보아하니, 아이도 내 말을 알아듣지 못하는 눈치다. 나는 다시 물었다.

"아들, 시골 할머니 집의 소는 왜 엉금엉금 걸을까?"

"가만히 서 있었어!"

그렇다. 지난해 아들을 목마 태워 외양간에 들어섰을 때 소는 우두커니 서 있었다. 아들이 볏짚을 가져가자 소는 머리만 돌려 우릴 쳐다보았다. 소는 입과 코로 연방 흰 입김을 뿜어냈다.

"인마, 너 가분지 알아. 자동차가 엉금엉금 기어가는 이유는 가분지가 사타구니에 착 달라붙었기 때문이야."

나는 뜬금없이 '가분지'를 들먹였다. 아이는 들은 체도 않는다. 자동차에 붙은 가분지. 뱉어놓고 보니 나 또한 뭔 소리단가, 실없이 웃음이 났다.

참 오래전 이야기다. 지금의 아들과 같은 나이, 그러니까 내가 초등학교에 가기 전 일이다. 여름 어느 날, 할아버지와 나는 풀 뜯는 소가 잘 내려다보이는 산 중턱 큼직한 돌팍에서 내 사타구니에 붙은 가분지를 여러 점 잡았었다.

　사타구니에 붙은 가분지를 떼 내기 위해서는 머리를 가랑이 새에 처박고 꼬챙이로 쑤셔대야 했다. 가분지의 배는 철면피 쇠가죽 뱃속인 듯 잘 터지지도 않았다. 꼬챙이로 쑤셔도 뱃가죽이 늘어나면서 피는 여간해서 안 터졌다. 어쩌다 배를 갈라 살펴보면 거머리같이 오장육부도 없이 사타구니에 붙자마자 빨아댄 피만 잔뜩 삼킨 채였다. 지금 같으면 그 시녀검사를 들이대면 손 안 대고 코 풀듯이 스스로 알아서 기어 떨어져 나가게 될 것이지만, 그땐 그랬다.

　소에 붙어 기생하는 진드기를 그때 내 고향에서는 가분지라 불렀다. 강아지의 귀 안쪽 부드러운 살집에 붙어 피를 빨아대기도 했다. 간혹 개 똥구멍에 붙어사는 가분지도 있긴 했지만, 대부분은 소 똥구멍에서 피를 빨아먹고 살았다. 물론 내 다리며 얼굴에 붙어 피를 빨아대기도 했다. 이마에 붙은 가분지는 마치 점처럼 보였다. 나는 종종 점순이, 아니 점돌이가 되곤 했다.

　가분지를 잡지 않으면 통통한 송아지가 금세 삐쩍 말라갔다. 그래서 할아버지와 나는 가분지를 보는 족족 꼬챙이로 찔러 잡아 죽였다. 사실 그때는 지금과 달리, 나는 송아지 넓적다리 안쪽이며 똥구멍에 붙은 가분지 잡는 선수였다.

어미 소의 잘 빠진 사타구니에 붙은 가죽 탱탱한 가분지는 바람만 불어도 폭발할 것 같았다. 암내를 냈는지 소가 뒷발질을 하는 날이면 가분지를 잡을 수 없었다. 가분지 뱃가죽이 터지면서 빨아먹은 피가 덮칠 것 같아, 나는 늘 소 똥구멍을 보며 뒤따르기보다는 소 앞에서 고삐를 잡아끄는 쪽을 택했다.

"배가 불러 터져도 입만 살아 있으면 사는 가분지 같은 놈!"

한 날, 할아버지가 내 바짓가랑이에 붙은 가분지를 잡다 말고 대뜸 내뱉었었다. 호랑이 담배 피던 시절, 할아버지의 그 말이 지금에서야 제대로 들리는 듯하다. 참, 신기하다.

올가미

그 모양새가 똑같아 보인다. 뻘쭘히 뒤 내민 암놈 뒷다리에 올라타는 똥개. 한 표 줄 놈은 영 생각도 없는데 자꾸만 올라타고 있다. 아니다. 그날 거시기가 새끼줄에 묶여 킹킹거리던 개떼 모습이다.

그날 월요일 아침. 나는 동구 앞 정자나무를 지나 시오리가 넘는 학교 길을 뛰기 위해 책 보따리를 어깨에 동여매며 아랫담으로 내려오고 있었다.

"퍽!"

순간 눈에서 번갯불이 일었다. 내가 땅을 짚고 일어서자 솥뚜껑 같은 그의 손바닥이 허공에 들려 있었다.

나는 그를 똑바로 쳐다봤다. 그는 내게 뭐라 말했지만, 나는 알아들 수 없었다. 나의 뺨과 귀까지 그 큰 손바닥이 덮친 것이었다. 귀에 물이 들어간 것처럼 며칠이 지나서까지 귓속에서 소리가 나고 멍멍했다.

그때 난 울지 않았다. 두고 봐라, 속으로 수천 번은 되뇌었다.

그가 내 뺨을 때린 건, 일요일 오후 동구 앞 정자나무 아래서 벌어진 거시기한 개들의 불상사 때문이었다. 그는 내가 시킨 대로 교미하는 개에게 새끼줄 올가미를 던졌다는 것이었다.

지금에 와서 말하지만, 그날의 사건은 대충 이러하다.

지금으로부터 40여 년 전, 점방집 암내 낸 개와 박 선생 집 수캐가 동네입구 정자나무 아래에서 붙어 다니면서 일이 시작됐다. 수놈이 자기네 암놈 등 뒤에 올라타니까 점방집 아들은 자기 개가 자꾸만 꼬꾸라져 뭔가 불안했던 것 같았다.

"형, 어떻게 하지?"

"몰라, 물을 뿌리면 떨어질까?"

"……."

나의 말에 그는 머뭇거렸다. 불난 집에는 물, 내 생각에는 물로써 두 마리 개를 분리할 수 있을 것 같았다.

암놈 주인 아들은 논으로 달려가 고무신으로 물을 길어 개 등에 뿌렸다. 그러나 대낮에 동네 앞에서 난 불을 고무신에 퍼온 물로써 진화하기는 역부족이었다. 여간 큰 문제가 아니었다. 어서 빨리 딱 하니 붙어버린 두 엉덩이를 떼 놓아야 했다.

시간은 점점 가고, 해는 소룡산을 넘어가고 있었다. 다급한 그는 주위를 둘레둘레 살폈다. 나는 바라보기만 했다. 그가 새끼줄을 찾아 들고 내게 다가왔다.

"형, 매듭을 어떻게 만들지?"

"나도 모르는데……."

급기야 그는 매듭을 만들었고, 교미하는 개에게 던지기 시작했다. 카우보이 올가미 밧줄 던지기 대회에 출전한 선수같이 그는 엎어지면서도 올가미를 손에서 놓지 않았다. 거듭된 실패 끝에 가까스로 올가미가 개를 낚아챘다. 카우보이가 새끼줄을 당기기 시작하자 올가미는 그만 수캐 거시기에 가서 딱 멈추고 말았다.

잘 알겠지만, 개는 교미 시에 수캐가 사정하여도 오랜 시간 결합 상태로 있어야 한다. 생식기 속에 뼈가 있어 롱 타임 결합상태가 가능하다.

그 이유는 이렇다. 암컷의 질 외부는 산성이고 내부는 알칼리성이다. 한 기관에 두 가지의 상반된 성분이 존재하는 이유는 외부로부터 들어오는 나쁜 바이러스나 균 등을 살균하기 위함이고, 안쪽의 알칼리성은 들어오는 정충을 보호하기 위함이다.

카우보이는 새끼줄 올가미를 그냥 두지 않았다. 두 마리 개는 서로 엉덩이를 마주한 채 한 몸이 되어 암캐는 정자나무 아래의 자기네 점방집으로, 수캐의 머리는 점방집과는 정반대쪽 윗담 주인집으로 가려고 애를 썼다. 그 어린 선수가 땀을 흘리며 새끼줄을 잡아당겨도 거시시는 머시기 속에서 빠지질 않았다.

두 마리 개는 입을 다물지 못했다. 헛바닥에서 흘러나온 침이 땅을 축축하게 적셨다. 1+1=1, 두 마리 개는 한 마리가 돼 급기야 엉덩이에 붙은 새끼줄을 질질 끌며 이 집 저 집을 기웃거리기 시작했다. 지금같이 텔레비전이나 휴대전화도 없었지만, 박 선생 집 개와 점방집 개가 새끼줄에 묶여 거시기가 머시기하고 있다는 이야기가 열여덟 점순이의 귀에까지 들어갔다. 해는 산을 거진 넘고 있었다. 나는 윗담 집으로 올라왔다.

죽었는지 살았는지, 아니면 새끼줄이 삭아 터질 때까지 거시기가 머시기 속에서 나오지 못했는지, 지금도 나는 그 이후 개가 어떻게 되었는지 모른다.

세월이 많이 흘렀지만, 이제 와서 궁금한 까닭을 나도 모르겠다. 다만, 요즘 같으면 광장 촛불 진화용 물대포를 쏘아 두 엉덩이를 쉽사리 떼어 놓았을 것이고, 나는 뺨을 맞지 않아도 되었을 것이다.

공룡

아들은 다섯 살 때부터 공룡에 열광하고 있다. 퇴근해 집에 돌아오면 아이가 만든 고무찰흙 공룡이 먼저 눈에 들어온다.

아이는 공룡의 이름과 특징을 잘 알고 있다. 그림책을 보지 않고도 티라노사우루스를 종이에 그릴 수 있다. 하루에도 수없이 그 많은 종류의 사우루스를 들먹인다.

요즘 들어 어른들도 공룡을 좋아한다는 것을 알았다. 왜 어른들도 공룡을 좋아할까, 백과사전을 찾아봤다.

화석을 연구한 결과, 공룡은 지금으로부터 약 6,500만 년 전, 백

악기 말에 멸종하였다. 1822년 영국인이 이구아노돈의 이빨 화석을 발견하여 공룡의 존재가 세상에 알려졌다.

공룡의 화석을 살펴보면 그 공룡이 살았던 때와 생김새, 먹이와 생활 습성 등을 알 수 있다고 한다.

앞다리의 발가락은 네 개인 것이 많고, 뒷다리의 발가락은 세 개인 것이 많았단다. 육식공룡은 이빨이 길고 날카로우며, 풀을 먹는 초식공룡은 이빨이 넓고 촘촘하며 피부는 갑옷처럼 두껍고 단단했을 것이라 한다. 공룡은 몸길이가 20미터가 넘는 것도 많으며, 머리가 작고, 앞다리보다 뒷다리가 훨씬 발달하였으며, 대부분 두 개의 뒷다리로 걸었으나 네 다리로 걷는 공룡도 있었다니 놀랍다.

영국에서 괴력을 발휘한다는 〈공룡과의 산책〉은 '새로운 피', '타이탄의 시대', '잔인한 바다', '하늘의 거인', '얼음 숲의 유령들', '왕국의 멸망'으로 이뤄진 다큐멘터리 물이다. 베스트셀러 북 리스트에 올라 있는 『공룡과의 산책, 자연사』는 이미 수십만 권 이상이 팔렸단다. 할리우드 영화, 〈쥐라기 공원〉은 나도 많이 들었다.

아이와 마찬가지로 화석으로밖에 남아 있지 않은 공룡들의 생태를 확인된 사실처럼 제시하는 어른들도 첨단 애니메이션과 컴퓨터 합성으로 만들어진 공룡에 찬사를 보내고 있다. 인간의 상상력이 더해 만들어진 애니메이션 공룡에 이토록 열광하는 이유가 뭘까?

나아가, 엄청난 몸집에 믿어지지 않을 정도로 작은 뇌를 가진 공룡이 한순간에 전멸해버린 이유는 뭘까?

인류가 공룡에 대해 열광하는 문화현상은 진화 생물학자의 말처럼 "그들이 지구상에 존재하지 않아, 무시무시하지만 더는 위협을 주지 못하기 때문"일까.

'공룡!'

세계에서 가장 은밀한 금융시장 미국의 월가. 거대 공룡의 오만, 브레이크 없는 소왕국이란 말이 먼저 떠오른다. 남의 돈으로 공룡이 비틀거리고 있다.

자본주의는 이미 글자 그대로 돈이 주인이 된 세상. 그 속에서는 약육강식의 끊임없는 성장만이 살 길이라, 오늘도 큰 강 삽질을 통한 성장을 부르짖고 있다. 콩 줄기는 지구 밖 끝까지 무한성장해야 한단다.

창세기에 소돔과 고모라 이야기가 있다.

"소돔과 고모라에 대한 부르짖음이 크고 그 죄악이 심히 중하니……."

소돔과 고모라의 울부짖는 소리가 아주 크게 하늘에 들려오고 있다 했다. 소돔과 고모라에 비인간적인 행위와 착취가 너무나도 만연해 있었던 것이다. 상황을 파악한 아브라함은 즉시 하나님의 마음을 돌려보려고 노력했다. 그러나 결국 소돔과 고모라는 하나님의 진노의 대상이 될 수밖에 없었다.

소돔과 고모라의 멸망이, 구약성경에 등장하는 멸망의 한 이야기로만 끝난다면 앞으로는 누구도 역사를 되새김질하지 않을 것이다.

"만일 하나님께서 미국을 심판하지 않으신다면 소돔과 고모라에게 사과하셔야 한다."

빌리 그래함 목사는 이미 80년대에 미국 사회에 대하여 이같이 말했다. 죄는 언젠가는 죄인들에게 대가를 치르게 했고, 정의는 이긴 자의 전리품이 아니라 했다. 그러나 내게 돈이 되면 진리라 외치며 불도저로 밀어붙이는 이들은 귀를 틀어막고 있다.

이제야, 왜 공룡에 열광하는지 조금은 알 것 같다. 공룡만이 살수 있는 세상이치를 벌써 학습한 것일까. 내가 어렸을 적에는 공룡그림의 그림자도 보지 못했다. 일곱 살 아이가 기특하다.

『잭과 콩나무』의 잭이 콩나무를 타고 올라 하늘에 닿듯, 3성도 콩나무를 타고 지구 밖으로 올라가 화석공룡으로 환생하여 다시 인간과 함께할 것이라 믿고 있는가. 화석공룡에 미친 그도 삽질공사로 고무찰흙 공룡이 될 수 있을 것이라 믿는 모양새다.

공룡이 멸종하는 순간까지 지구는 공룡왕국이었음이 분명하다.

똥파리

　그때만 해도 나는 똥파리가 싫었다. 똥파리는 똥만 먹고 사는 더럽고 쓸모없는, 세상에 없어야 할 곤충 가운데 하나라고 소망교회에서 들은 뒤로는 똥파리가 보이기만 해도 내가 도망을 가든지 아니면 똥파리를 잡으려 달려들었다. 내가 아이들의 아버지가 되기까지 똥파리는 세상 어디에서나 몹쓸 똥파리에 불과했다.

　그런데 어느 날부터 아이들은 밤마다 내게 똥, 똥 한다. 꽃보다 똥이 좋은가 보다. 오늘 나는 똥파리 이야기를 다시 아이들에게 들려준다.

　지금으로부터 그리 멀지 않은 날이었어요. 명매기란 놈이 제비집을 빼앗아 동물왕국의 대장 노릇을 했답니다. 뭐든지 이문 남는 장사를 통해 숲 속 동물들을 괴롭혔어요. 그 명매기는 제비와 똑같이 생겼지만, 목이 빨간색이었어요. 그리고 언제나 스스로 집을 짓지 않고 남의 집을 빼앗는 습성이 있어 모두들 싫어했어요.

　명매기가 숲 속 광장을 하나님께 봉헌하려는 듯 통째로 빼앗아 아무도 다니지 못하게 했어요. 그리고 또 대운하공사를 벌여 눈과 입을 한쪽으로 몰아붙이고, 뒷구멍으로는 차세대 에너지원을 바다 건너 고향 오사카에 넘겨주려 했어요. 이에 숲 속의 동물들이 참다 참다 더는 못 참아 광장으로 몰려들었어요.

"네 이놈들! 똥파리, 모두가 똥파리 같은 놈들."

검독수리와 사마귀가 둥그런 풀밭으로 모여드는 동물들 엉덩이까지 샅샅이 검사다운 검사를 하며 소리쳤어요. 검독수리가 하늘을 빙빙 돌고, 사마귀도 덩달아 뛰어 유모차며 인터넷 메일까지 검사했어요.

소, 돼지, 말, 염소, 비둘기, 뻐꾸기, 제비, 개, 거미, 거북, 두루미, 도마뱀, 고슴도치, 너구리, 불개미, 매, 메뚜기, 물총새, 여우, 고라니, 토끼, 곰, 부엉이…… 그리고 똥파리도 광장 풀밭에 모였지요.

"이게 어디 말이나 됩니까! 우리가 명매기 발가락 새에 낀 때인가요?"

고라니가 목을 길게 내밀며 울분을 토해냈어요. 토끼는 고라니의 말에 눈물을 흘렸어요. 이번에는 거북이가 앞으로 나섰어요.

"정말, 살 수가 없어요. 끼리끼리, 우리도 뭉쳐야 해요. 검사를 보세요. 서로서로 몰아주고 받아 떵떵거리며 살고 있잖아요."

여기저기서 이구동성으로 말했어요.

"보세요. 이 똥파리를 동물로 보지 않아요. 똥파리가 식물입니까? 여러분에게도 자기들이 다 먹고 남은 똥이나 빨아 먹어치우라 하지 않습니까?"

"나 외의 다른 신을 섬기는 우상숭배를 하지 말듯, 오로지 명매기의 똥구멍만 쳐다보며 살라 합니다. 이러니 이제 갈 때까지 다 간 것이지요. 이쯤 되면 막가자는 것 아닌가요?"

"하지만, 문제는 '어떻게' 입니다. 어떤 방법으로 다 함께 살 수 있는, 함께하는 숲 속을 만들고 지킬 수 있는가, 입니다. 우리 사는 세상에서 그 양심 없는 떼거리 1퍼센트를 위해 목숨 바쳐 살 수는 없습니다. 이 똥파리는 스무날 남짓 살지만, 여름 한 철 동안 325조 9천2백32억 마리를 퍼뜨릴 수 있는 줄기세포 배양과 핵융합 능력이 있습니다. 그 기술로……."

이미, 똥파리 가아가 검독수리와 사마귀가 눈 똥에 알을 놓아 수를 번식시키고 있었지요. 일제시대 조선순사보다 더 무시무시한 검사가 눈 똥에 가아가 겁도 없이 달려들었어요. 검사의 똥도 산똥이었어요. 여기저기서 겁탈해 허겁지겁 삼켰는지 돈 냄새가 등천하여 빨아볼 생각이 없었지만, 일단 그 똥도 똥인지라 똥 무더기에 퍼질고 앉았어요. 처음 똥을 빨고 그 속에 알을 낳는 게 문제지, 한번 시작만 하면 모든 게 술술 풀리게 돼 있었어요. 어느새 번데기에서 나온 똥파리도 다시 알을 낳고 있었던 거예요.

그때, 명매기가 이것저것 너무 많이 먹은 배를 움켜잡고 실눈을 뜨고 있었답니다. 마치 조는 듯 보였어요. 아니면 겨울이 오는 것을 눈치 채고 남쪽바다를 건널 궁리를 하고 있는지 알 수 없었어요.

"명맥이 입이 찢어지게시리 하품한다!"

누군가 소리쳤어요. 그 순간을 놓칠세라 5공단 비정규직 특전사와 7공단 정규직 여단 소속의 똥파리 떼가 하늘을 까맣게 덮었어요. 마치 금세라도 비가 후드득 떨어질 것 같은 먹장구름이 하늘에서 둥둥 떠가는 것 같았어요. 메뚜기 떼가 지나간 뒤의 텅텅 빈 옥수수밭이 생각났어요. 일본군 자살특공대 비행기 조종사의 진주만 공격이 전개될 것 같았어요.

그렇게, 올 것이 오고야 말았어요. 자본주의의 꽃이라는 주식시장 파생상품에도 만기가 있듯, 빚을 갚아야 할 그날이 도래했던 거예요. 아니에요. 겨울이 온 것이었어요. 흔들림 없이 자기의 갈 길을 가는 똑똑한 시간, 아니 똑똑한 똥파리가 또다시 일을 냈어요. 작전명 발키리, 여전사 똥파리는 개독교를 등에 업고 취리하는 명매기 암살 작전을 실행하고 말았어요.

똥파리들은 온몸에 똥을 잔뜩 붙여 힘차게 날개를 펴 땅을 박차고 날아올랐어요. 하늘은 온통 수천만의 금빛으로 반짝였어요. 눈이 부셔 마냥 바라볼 수 없었어요. 미안하고, 또 미안해 눈물이 났어요.

아니나 다를까, 곧 똥파리 떼가 명매기의 입과 콧구멍 속으로 돌

격했어요. 마치 집 나온 꿀벌 떼가 여왕벌을 따라 감나무 조롱박에 달라붙은 듯했어요. 얼마나 많은 똥파리였던지, 대운하 건설 공사에 쓰고 남은 중장비를 동원해서야 그의 형체를 가까스로 알아볼 수 있었지요.

명매기는 처음 똥파리가 콧구멍 깊숙이 들어와 처박힐 때 다시 뒷산에 올라 캑캑거려 보았지만, 이내 숨 쉬는 걸 멈출 수밖에 없었어요. 명매기가 제아무리 제비집을 통째로 삼키는 재주로 약육강식의 정글 속 사자 행세를 한들 그 많은 똥파리가 한순간에 달려들고 보니 숨 쉴 수가 없었던 거지요. 5천만의 똥파리가 인해전술로 공격한 것이었어요. 일본놈 앞잡이, 조선순사며 검사보다 사납고 무섭던 주인 잃은 검독수리도 더는 하늘을 날며 숲 속을 호시탐탐 노려보고 똥파리를 검사해 철창 속으로 집어넣을 수 없게 됐어요.

그날 이렇게, 똥파리가 그야말로 똥을 밥으로 되돌려 놓았답니다. ♤

6부

플레이

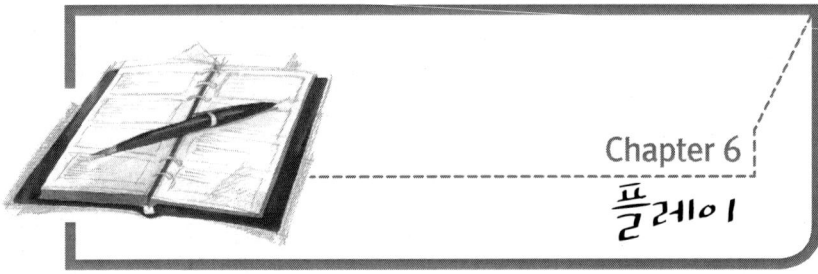

아침 6시 30분, 잭슨공항에 첫발을 내딛는 순간부터 뭔가 잘못 돌아가고 있다는 생각이 들었다. 공항 검색대에서 만난 검은 피부에 곱슬머리, 핏빛 입술이 내리쬐는 적도의 햇살만큼이나 따갑게 달려오던 모습. 이브가 아담을 꾀어 사과를 따먹고 동산에서 헤매듯, 날마다 연기가 피어오르는 사바나 언덕을 헤매 돌기 시작했다.

새벽에 비행기 창문을 통해 내려다본 지상에는 공장 굴뚝 하나 보이지 않았다. 푸른 바다와 연기가 피어오르는 사바나 언덕뿐이다. 공항 밖으로 나오자, 사람들은 하나같이 빈랑나무 열매를 씹고 있다. 소녀의 입에서 튀어나온 검붉은 타액이 거리에 착 달라붙는다. 그동안 일밖에 모르던 나는 어쩐지 눈앞이 깜깜해진다.

외국인들이 주말을 이용해 자주 찾는 바리라타 국립공원은 파푸아뉴기니의 수도인 포트모르즈비에서 차로 한 시간쯤 걸리는 거리에 있다. 시내에서 출발해 꼬불꼬불한 산길을 타고 가다 보면 수력발전소가 수십 길 낭떠러지 아래로 내려다보이고, 극락조가 마치 다람쥐처럼 아름드리나무를 타고 있는 모습을 늘 볼 수 있다. 원시림 속 계곡 물은 바다를 찾아 낮은 곳으로 흐르고 있다.

아침 열 시쯤 되었을까, 계곡 물속에서 튀어나온 웃음소리가 밀림 속으로 울려 퍼진다. 나는 물웅덩이가 내려다보이는 언덕 풀밭에 무거운 엉덩이를 내려놓는다. 검은 피부의 현지 여자아이들 틈에서 뽀송뽀송한 새하얀 피부가 햇살을 받아 반짝인다. 곱슬머리인 현지인과 달리 곧고 긴 머리카락이 어깨까지 흘러내린다. 참 오랜만에 보는 동양여자다.

그때다.

"하이!"

아담한 체구의 백인남자가 다가온다. 나는 얼결에 그에게 미소를 지어 보이고는 멱을 감고 있는 여자들 쪽으로 시선을 돌린다. 그도 내 옆에 바짝 붙어 앉아 물웅덩이 쪽과 반바지 밖으로 드러난 나의 종아리를 번갈아 쳐다본다.

"나이스! 나이스!"

그가 느닷없이 내 종아리를 쓰다듬으며 감탄을 연발한다. 그에게 무슨 말을 하긴 해야겠는데 입이 딱 얼어붙는다. 몇 초쯤 침묵의 시간이 지났을까, 내 입에서 엉뚱한 소리가 툭 튀어나온다.

"오우케이, 땡큐."

그러자 백인남자가 내 얼굴을 빤히 들여다보며 묻는다.

"두 유 라이크 플레이 위드 미?"

'플레이? 플레이……라고?'

이 풀밭에서 무슨 놀이를 하자는 것일까. 말이 되지 않는다. 도대체 무슨 말인가.

그는 여전히 내 종아리에서 손을 떼지 않고 있다. 나는 입속으로 그놈의 '플레이'를 중얼거리며 그의 의도를 파악하려고 애쓴다. 어느새 그의 손길이 내 무릎 위로 올라가고 있다. 그의 알쏭달쏭한 플레이가 나의 온몸을 휘감아 가고 있는 것이다.

"오케이, 아이 라이크 플레이!"

순간 그의 얼굴이 환해진다. 푸른 눈동자가 태양처럼 이글이글 타오르고 있다. 나는 얼른 다음 말을 잇는다.

"베이스볼, 핸드볼, 싸커 앤 애니 스포츠!"

일 났다!

부시워킹, 바리라타 국립공원에서 시내의 숙소로 돌아와서도 그놈의 플레이가 머릿속에서 맴돌며 떠나지 않는다.

　아무래도 낮에 공원에서 들은 플레이는 축구나 배구같이 공을 가지고 노는 게임은 아닌 듯하다. 곰곰이 생각해봐도 그가 말한 플레이가 게임이라는 건 분명한데, 갈수록 태산이다. 큰일이다.

　언제든지 집에 오라고 그가 내게 말했다. 그의 집 주소를 적은 쪽지를 보고 또 본다. 내가 살고 있는 아파트 호실을 밝히진 않았지만, 언젠가 불쑥 내 앞에 다시 나타날 것만 같다. 그 뉴질랜드에서 온 백인남자는 내가 살고 있는 2마일 언덕에서 그리 멀지 않은 곳에 산다고 했다.

　밤이 깊다. 사바나 언덕의 산불이 점점 커지고 있다. 마치 도깨비불처럼 몇 날 며칠 마을뒷산이 불타고 있다. 밭을 일구어 카사바를 심을 요량인가. 아니면 바나나 농장을 만들려는 것일까. 샤워를 하고 침대에 누워도 몸이 불덩이 같다. 열대의 밤은 언제나 훨훨 타오른다. 내일 아침 출근하면 함께 일하는 에밀리에게 플레이가 뭔지 물어봐야 할 것 같다. 애써 잠을 청한다.

　"굿 보이, 말랄로우 타임!"

　아침 열 시다. 에밀리가 나의 등 뒤에서 커피 잔을 든 채 내 컴퓨터 모니터를 넘겨다보고 있다. 말랄로우 타임은 히리 모투어로 쉬는 시간이란 뜻이다.

"에밀리, 플레이가 뭐야?"

내가 묻자마자 에밀리가 새하얀 이빨을 드러내며 웃는다. 검은 얼굴이 더욱 검어 보인다. 어제 본 타이완 여자의 피부 빛이 눈앞에 아른거린다.

"파카, 내서날 팍에 갔었다고?"

그녀는 맘 내키는 대로 나의 성씨인 박을, '팍' 또는 '파카'라 부르고 있다.

그녀가 나를 부를 때는 "나의 팍", 내가 그녀에게 들이댈 때는 "너의 팍"이다. 주차장이라 부르지 않아 다행이다.

"난 플레이가 언제나 재미있고, 오늘 사무실에서도 하고 있어!"

영어와 피진어를 섞어가며 하는 에밀리의 말은 더더욱 알아채기 어렵다. 내 머리 속에 뭉게뭉게 안개가 피어오르고 있다. 비를 잔뜩 품은 먹구름은 아니다. 흰 구름이 산꼭대기에서 산 아래로 내려오듯 내 몸의 낮은 곳으로 흘러내리고 있다. 엉덩이에 힘을 줘 본다. 전기가 흐르는 듯 온몸이 저리다. 눈을 크게 뜨고 양쪽 어금니를 꽉 다물며 다시 엉덩이에 힘을 모은다. 다리에 힘이 쭉 빠지는 것 같다.

'사무실에서도 플레이를 한다고?'

또, 일 났다!

야자수 그늘 아래 맨몸으로 살아간다
미개의 원시인이라 말하는 도시의 뱀
참으로 현대문명을 먹지 말라 하더냐.

아담과 하와가 코카콜라 마시던 날
에덴의 뉴기니 섬은 엉겅퀴 가시덤불
아담은 총을 쏘면서 거리거리 헤매네!

나는 서울을 떠나 남태평양에 와서도 한동안 모든 사물을 서울의 눈으로 바라보았다. 그래서 시간 시간이 더욱 힘들었다.

'미개의 원시인' 속에서 살아가는 시간은 마냥 불안했다. 라스칼이란 떼강도의 부시나이프나 집에서 만든 총과 맞닥뜨리는 상황을 늘 염두에 두고 출퇴근을 반복했다. 하루 종일토록 망고나무 아래 도란도란 이야기를 나누고 있는 현지인들을 멀찍이 바라보며 피해 다녔다. 경기장에 나선 선수로 영리한 플레이를 해야 했지만, 나는 선수로 뛰는 척, 실은 객석에 앉아서 게임을 즐기지 못하는 관중에 가까웠다.

아파트 현관 방범 창살 사이로 엘라비치 밤바다를 내려다볼수록 나 자신이 알갱이 하나 매달지 못한 북데기 같다는 생각이 들었다. 어머니는 바람을 맞아 낟알이 영글지 못한 논바닥의 북데기를 불질러 태웠었다. 물론 타작을 하고 나서도 북데기는 불태워 논바닥에 다시 뿌렸다. 그렇게 불태울라치면 몹쓸 피는 덤으로 태워졌다. 두메산골 밖으로 한 번도 나가 보지 않은 어머니는 알곡을 매달지 못한 짚북데기조차 거름으로 쓸 재로 만들어 내년을 바라봤다. 나는 그때 어머니의 불질을 보면서 말했다.

"엄마, 산에 불나면 우짤라고?"

그때는 몰랐다. 어머니도 없는 지금, 남반구 남의 나라에 와서야 북데기는 태워야 한다는 것을 알았다.

망고나무 아래 빈터에서 공을 차는 아이들의 웃음소리가 퇴근하는 나의 발걸음을 멈추게 한다. 바나나나무가 병풍처럼 둘러싸고 있는 마당 같은 곳이다. 언덕 한길 아래 운동장이라고 부를 만한 풀밭을 두고 굳이 먼지 풀풀 날리는 맨땅에서 야자 껍데기로 만든 공을 굴리며 놀고 있다. 열 명쯤 될까, 키가 제법 큰 아이도 있지만 모두 십대다. 부아이를 씹어 검붉게 변한 이를 드러내고 연신 웃는다. 얼굴빛이 더욱 검어 보인다.

"하이, 꽉!"

세바세가 나를 부른다. 나를 늘 '화이트맨' 혹은 '빅맨'이라 부르는 꼬마친구다. 내가 씩 웃으며 언덕배기 위를 바라보자 그가 손짓을 한다.

"플레이 유 미?"

함께 공을 차자는 뜻이다. 지난 주말처럼 함께 놀자는 것이다. 화이트맨인 내가 자신들과 함께 맨발로 공놀이를 한다는 것은 있을 수 없는 일이었다. 소위 빅맨들이 보면 나는 영락없는 미개의 현지인이다.

나는 언덕 위로 올라갔다. 세바세는 나를 자기편에 넣고 싶어 한다. 하네 코코다도 자기 팀에서 플레이를 하자며 내 팔을 낚아챈다. 여자아이가 팔 힘이 세기도 하다.

"오케이! 플레이 올게타 만 메리, 완타임!"

여자 남자 다함께 같이 놀자, 내가 피진어로 말한다. 망고나무 아래에 앉아 있던 제법 덩치 큰 여자아이가 손뼉을 치며 키득거린다.

"꽉, 플레이 완타임?"

덩치 큰 여자아이의 웃음의 의미를 알 것 같다. 코코넛 공을 앞에 둔 플레이는 서울사람이 말하는 운동이고, 바나나숲 속에서의 플레이는 남녀게임을 말하는 것이다. 덩치는 나를 꽉이라 부를 때부터 가지고 놀려는 심산이었음이 분명하다.

"여기는 흙먼지가 날리니까, 저 아래 잔디밭에서 플레이를 하는 게 좋겠어."

나는 저 아래 숲 속에 다 같이 가서 플레이를 즐기자고 말한다. 사실 지난번에 즐긴 플레이로 내 발바닥은 개발바닥이 되다시피 했다. 발바닥에 난 작은 상처가 아직 완전하게 아물지 않았다. 어쩌다가 땅콩만 한 돌을 밟기라도 하면 눈물이 찔끔 났다.

"여기서도 좋아."

덩치가 말한다.

그렇다. 나도 초등학교에 다닐 때 동네에서 볏짚으로 만든 공을 가지고 하루해를 보내곤 했다. 어둠이 몰려와 공이 보이지 않는 저녁시간까지 동네친구들과 놀았다. 공놀이는 즐겁고 행복했다.

우리들 중 힘센 형이 감독이자 코치이면서, 중앙공격을 맡았다. 나는 늘 우측 전방 공격수 자리를 배정받았지만, 공만 보고 땀을 뻘뻘 흘리며 내달렸다. 어떤 날은 형이 작전을 짜면서 날더러 상대 선수를 보고 뛰라고 주문했다. 하지만 나는 그 형의 충고를 받아들이지 않았다. 사실 나이가 들어 어른이 돼서도 남의 말을 듣지 않고 내 생각대로 공만 졸졸 아 뛰었다. 발이 아프고 눈물이 나도 누구에게 말하지 않았다. 아니, 말할 수 있는 친구나 코치 혹은 감독이 없었기 때문이기도 했다.

오늘 이 순간만큼은 저 큰 덩치가 나의 코치다. 코치이자 감독인 덩치의 작전에 따라 즐거운 플레이를 꿈꾼다. 또 팀을 꾸려 팀플레이를 해야 즐거운 게임과 함께 승리라는 목표를 이룰 수 있다. 즐거운 플레이를 해야 먹고 사는 경제도 해결하고 관중이 찾아오는 프로선수도 될 수 있다. 곱슬머리 검은 피부에 부아이를 씹고 있는 덩치가 망고나무 아래서 즐기지 못하는 플레이어는 어딜 가더라도 플레이를 즐길 수 없다는 사실을 알려주고 있지 않은가.

동네축구에서도 상대편과 붙을 때 공이 어디로 가고 있는지, 또 상대가 어떻게 나올 것인지 생각해야 한다. 물론 순간적인 상황을 올바로 보고 판단하여, 결론이 섬과 동시에 발로 공을 잡아채 잽싸게 상대를 따돌린 다음 골문에 공을 넣어야 한다.

게임에 지고도 후회 없는 플레이를 했다는 선수도 있다. 최선을 다해 플레이를 준비했고, 또 플레이를 했다는 뜻일 게다. 덩치가 공을 차는 플레이는 잔디밭 운동장에서만 하는 게 아니라고 내게 일깨우고 있다. 나는 흔쾌히 그들과 함께 뛴다.

덩치가 구르는 공을 보고 달린다. 공이 발에 걸려 넘어질 것 같다. 얼굴에는 웃음이 가득하다. 날씬한 하네 코코다가 공을 낚아챈다. 공을 툭툭 차며 골문을 향해 달린다. 달리던 덩치가 그만 넘어진다.

웃음소리가 바나나 울타리를 넘어 뒷산을 타고 오른다. 먼지 풀썩이는 공터에서 뛰는 사람도, 앉아서 공놀이를 보는 사람도 모두가 즐겁다. 덩치는 한 골을 먼저 내어 주고도 함박웃음을 짓는다.

저녁시간이 다가오고 있지만, 여전히 햇살이 따갑다. 등줄기에 땀이 줄줄 흐른다. 망고나무 그림자가 진 곳은 시원할 텐데.

플레이는 일같이, 일은 플레이같이 하는 덩치를 따라잡지는 못할 것 같다. 아니다. 일은 하지 않고 늘 플레이만 하는 하네를 감당하기가 더 어려울 것 같다.

플레이. 이제야 조금 알 것 같다.

서울의 가을 하늘은 높기만 하다. 운동화를 벗고 오랜만에 신은 검정구두가 발을 죈다. 발이 너무 아프다. 목에 맨 넥타이로 자꾸만 손이 간다. 거리도 낯설기만 하다. 곳곳에서 수많은 게임이 열리고 있다. 선수는 하나같이 굳은 표정으로 경기장을 뛰고 있다. 불쌍하다.

스물두 번째 면접이다. 귀국한 다음날부터 시작한 면접. 나는 직장을 구하기 위해 거리를 헤매고 있다. 공을 앞에 두고 혼이 빠지도록 뛰고 있는 셈이다. 한 골이라도 넣어야 하는데, 막상 출근하라는

188 삽질

곳이 없다. 무수히 많이 열리는 경기요, 게임이지만 줄 서는 곳마다 퇴짜다.

월드컵 경기장만 기웃거린 탓일까. 아마추어 선수 주제에 월드컵 경기장에서의 플레이를 꿈꾸어서일까. 골목축구도 즐기지 못하면서 프로세계에 눈독을 들여서일까. 즐기는 플레이는 꿈일까, 환상일까.

남태평양에서도, 동네에서도 얼마든지 재미있게 놀 수 있다. 프로 선수라고 다 처음부터 잔디밭 경기장에서 축구를 하지는 않았을 것이다. 골목축구 선수들도 초등학교 운동장에서 즐겁게 공놀이를 시작했을 것이다. 힘내서 즐겁게 뛰자!

밤 12시 30분에 서울역을 출발하는 경부선 열차에 몸을 싣는다. 종착지는 부산역이다. 하지만 대전에서 호남선으로 갈아 탈 수도 있다. 동이 트는 아침이면 낯선 어느 역 플랫폼을 걸어 나갈 것이다. 날이 흐릴 수도 있다. 온몸으로 비를 받으며 낯선 골목길을 기웃거릴 수도 있다. 점심 겸 아침을 가까스로 먹을 수 있을지도 모른다.

서울역을 출발한 기차는 용산역을 지나 어둠 속으로 내달린다. 차창 밖 어둠속 불빛이 앉아 있는 내게로 달려왔다가 한순간에 뒤로 사라진다. 산이 나오고 강이 나오고, 다시 도시의 화려한 불빛이 나타난다. 밤하늘의 별빛도 나를 향해 달려오고 있다. 가로등이 깜박거리는 산골마을은 앞니 빠진 개오지 같다. 산은 검은 동굴같이 어둡다. 아, 얼마나 보고 싶었던가. 눈물이 난다.

어디쯤 달리고 있을까. 대전쯤 지났을까. 밤새도록 달리고 싶다. 차창 밖으로 아침 태양이 떠오를 때쯤 기차가 서는 어느 간이역에 내리면 된다. 단출한 개찰구를 빠져나오면 깨진 콘크리트 틈새에서 조그마한 잡초 하나쯤 나를 기다리고 있을 것이다. 간이역의 떠나가는 그리움이 아니라 어머니의 다시 돌아오는 기다림이 있는, 또 하나의 아름다운 추억이 시작될 곳을 찾아 떠난다. 종착역까지 그냥 몸을 맡기고 싶지는 않다. 아직은 막다른 역에서 내릴 수 없다. 바리라타 국립공원에서 그가 나의 다리를 애무하듯 나는 나의 다리를 어루만진다. 뉴기니 섬, 그 동네축구 플레이와 같이 나는 내게 주어진 이 시간과 즐겁고 행복한 플레이를 해야만 하기 때문이다.

동네축구도 규칙을 먼저 알아야 한다. 운동장에 돌이 어디에 있는지, 상대편에 공을 잘 차는 선수가 있는지, 누굴 공격수로 내세워야 할지를 먼저 파악해야 한다.

한데 나는 마음만 조급했다. 아무런 준비도 전략도 없이 이력서를 냅다 들이밀었다. 내가 좋아하는, 혹 잘 할 수 있는 플레이가 무엇인지 별 생각도 없이 무조건 들이대었던 것이다.

언젠가 여름밤에 지리산 천왕봉에 오른 적이 있다. 부산에서 퇴근 후 저녁에 출발, 법계사 산장에서 잠시 눈을 붙인 다음 새벽녘에 혼자 천왕봉을 올랐다. 나무막대기로 풀숲을 헤치며 길을 찾았다. 별빛 달빛과 함께했기에 길을 잃지는 않았다. 어둠 속 천왕봉을 쳐다보며 걷고 또 걸었다. 사실 천왕봉은 보이지 않았다. 하늘엔 수많은 별들이 빛나고 있었지만, 고개를 빳빳이 쳐들어 보아도 천왕봉은커녕 눈앞에는 어둠덩어리뿐이었다. 등잔불 밑이 어둡다고, 천왕봉 바로 아래에서는 천왕봉이 보이지 않는다. 사실 나의 별은 어디에도 없었다. 오르다 보면 언젠가 천왕봉에 다다를 것이라는 막다른 믿음 속에 밤길을 재촉했다.

가까스로 천왕봉 정상에 오르자 축구공만 한 불덩이가 솟아오르고 수천만 개의 아침 햇살이 저 멀리 구름 위에서 내게 달려왔다. 눈부신 아침 태양을 나는 그저 바라만 보았다. 순간 몸이 떨렸다. 추웠다. 밤새 오른 길을 되밟으며 천왕봉을 내려왔다. 밤에 보지 못한 발아래 계곡을 두 눈 크게 뜨고 둘러보았지만 계곡 물소리며 바람소리도 들리지 않았다. 밤새도록 오른 길이었지만, 내려오는 길은 너무나 짧은 한순간이었다. 그 후 나는 천왕봉 일출을 몇 번 더 보았다. 뉴기니 섬으로 떠나는 날도 천왕봉 일출을 보았다. 모두 꿈이었다.

많은 시간이 흘렀다. 깜깜한 밤, 절벽에 부딪쳐 넘어지고 까무러치기를 반복했다. 아야, 아프다 소리도 지를 수 없었다. 듣고 보고 읽고 그리고 생각하고…… 다시 일어나 플레이를 해야 했다. 절벽에서 뛰어내릴 수 없었다. 좋든 싫든 상관없이, 맨발로 뛰어야 했다. 혼자 깊은 밤에 플레이를 하기도 했다.

뒤돌아보면, 그 모든 게 다 연습게임이었는지 모른다. 당시에는 즐거움을 느끼지 못했던 동네축구 게임이었다.

이제 나는 즐거운 플레이를 하고 있다. 물론 잠시 샛길로 빠져 흙탕물에 뒹굴기도 한다. 일방적 게임으로 끝나기도 한다. 때로는 헛삽질로 길을 잃은 발이 아려와 깊은 밤 잠 못 이루기도 한다. 그래도 아침이면 신발 끈을 동여매고 씩씩하게 먼지 풀풀 날리는 길가 공터를 찾아 나선다. 무거운 걸음으로 경기장에 나서지만 이내 가벼운 걸음 즐거운 마음으로 플레이를 한다. 강물처럼 플레이를 한다. 모든 꿈이 꿈으로 끝날 수 없듯, 나의 플레이도 점수를 내고 있다. 덤으로 얻는 점수 덕분일까, 플레이가 더욱 즐겁다.

행복하다!